Joachim Friedrich

Eric und das boxende Schaf

AMANDA

cbj

Foto: © Thienemann Verlag

DER AUTOR

Joachim Friedrich, geboren 1953 in Oberhausen, studierte nach seiner Lehre zum Industriefachmann Volkswirtschaft und arbeitete als Professor für Betriebswirtschaftslehre und als Unternehmensberater. Die Wende kam, als er merkte, dass er Kinder zum Lachen bringen kann. Seitdem hat er viele Geschichten für Kinder und Jugendliche geschrieben. Mittlerweile ist Joachim Friedrich nur noch als freier Schriftsteller tätig. Er lebt mit seiner Frau und seinen Kindern im Ruhrgebiet.

Von Joachim Friedrich ist bei cbj erschienen:

»Amanda und die Detektive« (22137)
»Bella und der Poltergeist« (22138)
»Circus Barrone und der Fluch des Papagei« (22139)
»Didi und die flüsternden Pferde« (22140)
»Fee und das Geheimnis des Zauberers« (22142)

Joachim Friedrich

Eric und das boxende Schaf

Mit Illustrationen

von

Edda Skibbe

cbj

cbj
ist der Kinder- und Jugendbuchverlag
in der Verlagsgruppe Random House

FSC
Mix
Produktgruppe aus vorbildlich bewirtschafteten Wäldern und anderen kontrollierten Herkünften
Zert.-Nr. SGS-COC-001940
www.fsc.org
© 1996 Forest Stewardship Council

Verlagsgruppe Random House FSC-DEU-0100
Das FSC-zertifizierte Papier
München Super Extra für dieses Buch liefert
Arctic Paper Mochenwangen GmbH.

1. Auflage
Erstmals als cbj Taschenbuch November 2010
Gesetzt nach den Regeln der Rechtschreibreform

Umschlag- und Innenillustrationen: Edda Skibbe
Umschlaggestaltung: Basic-Book-Design, Karl Müller-Bussdorf unter Verwendung der Originalgestaltung von Michael Kimmerle
MI · Herstellung: CZ
Satz: Buch-Werkstatt GmbH, Bad Aibling
Druck und Bindung: GGP Media GmbH, Pößneck
ISBN: 978-3-570-22141-9
Printed in Germany

www.cbj-verlag.de

Amanda X

»Amanda X – Hellseherin, Medium und Geisterbeschwörerin – Sprechstunde nach Vereinbarung«: So steht es an ihrer Haustür und Amanda X ist nun wirklich keine gewöhnliche Haushälterin. Eigentlich heißt sie Else Schmitz, doch ihre Freunde und Kunden kennen sie nur unter ihrem Künstlernamen: Als Amanda X veranstaltet sie zaubergalaktische Geisterkränzchen und liest die Zukunft je nach Wunsch aus Kaffeetassen oder Kristallkugeln. Zu einem Mandellikörchen sagt sie ungern Nein, aber am meisten Spaß macht ihr die Aufklärung von Kriminalfällen.

Sister X

Amanda besitzt nicht nur eine Kristallkugel, sondern auch ein Schaf. Genauer gesagt ein außerirdisches Schaf mit Sonnenbrille. Wenn Sister X nicht gerade auf Amandas Dachterrasse grast, unterstützt sie das zaubergalaktische Geisterkränzchen als Medium. Sister X hat den gleichen Wuschelkopf wie Amanda und die beiden sehen sich einfach zum Verwechseln ähnlich – wie Schwestern eben.

Ricki und Blümchen

Ricarda Kaminski, genannt Ricki, dünn, rothaarig, mit jeder Menge Energie und Sommersprossen, musste die Schule wechseln, als ihr Vater wieder einmal versetzt wurde. Schon am ersten Schultag lernte sie Blümchen kennen, die eigentlich Julia Wolff heißt. Blümchen trägt am liebsten Blümchenröcke und weiße Blusen. Das ist zwar nicht angesagt, aber über Blümchen macht sich niemand lustig, denn sie trainiert mit ihrem Opa im Boxclub und ihre Linke ist allgemein gefürchtet.
Ricky und Blümchen haben nur noch Vater bzw. Mutter, was nicht immer einfach für sie ist. Dafür sind sie aber die besten Freundinnen!

Opa Schraube

Opa Schraube war Profiboxer und es wird gemunkelt, er sei schon in der Boxhalle geboren worden.
Fest steht, dass er Blümchens Opa ist und beste Verbindungen zu gewissen Kreisen unterhält …

Das zaubergalaktische Geisterkränzchen

Andere Damen im vorgerückten Alter mögen sich mit schlichten Kaffeekränzchen begnügen: Amanda X, Hedwig und Elsbeth, die unähnlichsten zweieiigen Zwillinge, die man sich vorstellen kann, und Eleonore Freifrau von Hoppenstedt veranstalten Geisterkränzchen, auf denen sie mit ihren verstorbenen Angehörigen plaudern …

Kommissar Kaminski und Frau Wolff

Rickis Vater und Blümchens Mutter haben einiges gemeinsam. Nicht nur, dass sie in Amandas großem Haus unter einem Dach wohnen. Sie haben auch die gleiche Schwäche für Kriminalfälle. Horst Kaminski tut als Kripobeamter sein Bestes, um seinem großen Vorbild Schimanski nachzueifern. Und Gerda Wolff hat eigens ein Detektivbüro eingerichtet, um auf Verbrecherjagd zu gehen. Dass die beiden noch viel mehr miteinander verbindet, erfahren sie erst nach und nach …

* 1 *

Amanda X, die unglaublichste Haushälterin der Welt, verzog ihren Mund. »Selbstverständlich kann mein Schaf boxen. Das habe ich Ihnen doch bereits erklärt.«

Das Kassenhäuschen schien für den bulligen Typen, der selber wie ein Boxer aussah, allmählich zu klein zu werden.

»Ist mir egal!«, rief er. »Schaf mit Sonnenbrille, das boxen kann! So was gibt's nicht. Basta!«

Amanda lächelte ihn nachsichtig an. »Sister X will ja nicht selbst boxen, nur zusehen.«

»Nein!«, kreischte es aus dem Kassenhäuschen.

Ich stieß meine beste Freundin Blümchen an. »Wetten, dass sie es dieses Mal nicht schafft?«, flüsterte ich ihr zu.

Blümchen, die fast einen Kopf größer ist als ich, sah ungläubig zu mir herunter. »Meinst du das im Ernst, Ricki? Bis jetzt hat sie Sister X noch überallhin mitgenommen.«

Damit hatte sie eigentlich Recht. Amandas Schaf Sister X, das ich noch nie ohne Sonnenbrille gesehen habe, begleitete sie fast überallhin. Doch dieses Mal schien sie auf einen besonders sturen Türwächter gestoßen zu sein.

Das war auch kein Wunder. Schließlich waren wir zur Stadthalle gekommen, um Goldi, den süßesten Boxer aller Zeiten, bei einem Kampf zu sehen.

»Sie kennen doch Australien«, sagte Amanda, immer noch lächelnd. »Dort gibt es viele Schafe und Kängurus. Und die boxen.«

»Kängurus boxen, Schafe nicht!«, presste der Mann in dem Kassenhäuschen zwischen seinen Zähnen hervor.

»Das ist ein Irrtum, junger Mann!«, rief Amanda. »Sister X hat es sich von den Kängurus abgeschaut. So kann sie sich besser gegen Raubtiere schützen. Nun möchte sie sich gern den Boxkampf ansehen, um ihre Technik zu verbessern.«

Der Mann sprang auf und stieß mit seinem Kopf gegen die Decke des Kassenhäuschens. Jammernd ließ er sich auf seinen Stuhl zurückfallen. »Das ist nicht wahr!«

Ich stieß Blümchen noch einmal an. »Wollen wir wetten? Um eine Tüte Gummibärchen?«

Für Gummibärchen lassen Blümchen und ich alles andere stehen. So wunderte es mich nicht, dass meine Freundin seufzte. Eine ganze Tüte Gummibärchen freiwillig abzugeben war für uns ein großes Opfer.

Doch dann nickte sie. »Einverstanden. Ich glaube an Amanda.«

»Jetzt gehen Sie zur Seite und lassen Sie die anderen Leute vor«, sagte der Mann in dem Kassenhäuschen und rieb sich mit beiden Händen seinen breiten Schädel.

Viel Zeit hatte Amanda nicht mehr. Hinter uns waren

bereits erste mürrische Rufe zu hören. Die Chancen, meine Wette zu gewinnen, standen also nicht schlecht.

»Es ist wirklich wahr«, versuchte Amanda es trotzdem noch einmal. »Sie können Ricki und Blümchen fragen. Die werden es Ihnen bestätigen«, sagte sie und zeigte auf uns.

»Es stimmt!«, rief Blümchen. »Ehrlich!«

Klar, sie wollte ihre Wette gewinnen.

»Was ist denn da los?«, hörte ich plötzlich eine Stimme, die mir bekannt vorkam.

Amanda reckte den Hals. »Willi!«, rief sie. »Und Günter und Walter! Gut, dass ihr kommt! Dieser Mensch will Sister X nicht hereinlassen.«

Kurz darauf standen Opa Schraubes Boxfreunde neben uns.

Im gleichen Augenblick hellte sich das Gesicht des mürrischen Mannes auf. »Onkel Walter! Ich wusste gar nicht, dass du auch hier bist.«

»Nun weißt du es, Bully. Also, lass die Dame und das Schaf herein.«

Bully! Das passte.

»Ein Schaf in der Boxhalle? Aber das ist doch nicht korrekt, Onkel Walter!«

»Dass ich deine Wettschulden bezahlt habe, war auch nicht korrekt, mein Junge. Also, gib den Weg frei.«

Bully zog einen Schmollmund und deutete mit dem Kopf an, dass wir hineingehen sollten.

Amanda lächelte ihrem Retter zu. »Danke, mein lieber Walter.«

Der machte eine tiefe Verbeugung. »Es war mir eine Ehre, Gnädigste.«

Günter und Willi verdrehten die Augen.

»Stimmt das?«, wandte sich plötzlich ein Mann an Amanda, der am Kassenhäuschen hinter uns gestanden hatte. »Ist das Schaf wirklich aus Australien und kann boxen?«

Amanda lächelte auch ihn freundlich an. »Das stimmt natürlich nicht.«

»Dachte ich es mir doch!«, rief der Mann.

»Boxen kann es schon«, erklärte Amanda. »Nur kommt es nicht aus Australien. Sister X ist außerirdisch!«

Als wir schon ein paar Schritte weitergegangen waren, sah ich mich noch einmal zu dem Mann um. Mit offenem Mund stand er immer noch an derselben Stelle und rührte sich nicht. Ich hoffte, er würde sich bis zum Boxkampf wieder erholen.

Dieses Mal stieß Blümchen mich an und hielt die Hand auf. »Eine Tüte Gummibärchen!«

»Zu Hause«, sagte ich nur und nahm mir vor, in Zukunft mehr Vertrauen zu Amanda zu haben.

Wir standen im Eingangsbereich der Stadthalle. Dort befand sich die Garderobe und überall waren Imbiss- und Getränkestände aufgebaut. Vor jedem hatte sich eine Menschentraube gebildet. Fast alle hatten ein Getränk oder eine Bratwurst in der Hand und unterhielten sich aufgeregt mit ihren Nachbarn. Es gab nur ein Thema: den Boxkampf.

»Sind die alle wegen Goldi gekommen?«, fragte ich Walter.

»Nein!«, lachte der. »Eric boxt nur in dem Vorkampf. Den Hauptkampf bestreitet Waldemar Klatschko.«

»*Der* Klatschko?«, rief Blümchen.

»Genau der.«

»Wer ist denn das?«, fragte ich meine Freundin.

»Den kennst du nicht? Der ist Europameister!«

»Das war er mal«, meinte Willi. »Er hat den Titel verloren, versucht ihn aber wiederzubekommen. Er ist immer noch einer der Besten.«

Als wir in die Halle kamen, hätte es mich fast umgehauen. Dort war mehr los als auf einem Rockkonzert. In der Mitte der Halle befand sich der Boxring, der von den vielen Scheinwerfern beleuchtet wurde. Die steil ansteigenden Zuschauerränge waren schon ganz gut besetzt.

»Seht mal!«, rief Amanda plötzlich. »Da ist Opa Schraube!«

Blümchens Opa stand am Boxring. Genauer gesagt lief er aufgeregt auf und ab. Dabei kreiste der Zigarrenstummel, der zwar nur selten qualmt, mit dem Opa Schraube aber wahrscheinlich sogar schlafen geht, in seinem Mund herum. Das war ein sicheres Zeichen dafür, wie aufgeregt er war. Opa Schraube hat immer geboxt, vielleicht auch schon als Baby. Vermutlich ist er in der alten Boxhalle geboren worden, in der er nun als Trainer arbeitet, so wie seine Freunde Günter, Willi und Walter auch.

Blümchen wird von ihm trainiert. Und, soweit ich es beurteilen kann, ist sie echt nicht schlecht. Ansonsten ist sie der friedlichste Mensch, den man sich nur vorstellen kann. Bis jetzt habe ich es erst einmal erlebt, dass sie jemandem außerhalb des Boxrings einen Hieb verpasst hat. Und das war eine Verbrecherin gewesen, zählte also fast nicht. Dabei hätte sie oft Grund genug dazu, wenn ich nur an so manche Typen aus unserer Schule denke. Die haben ihr auch ihren Spitznamen gegeben, denn eigentlich heißt Blümchen Julia Wolff. »Blümchen« wird sie deshalb genannt, weil sie gern Blümchenröcke mit weißer Bluse und Kniestrümpfe trägt. Und das ist ja nicht besonders angesagt, was sie in der Schule auch fast jeden Tag zu spüren bekommt. Aber Blümchen bleibt cool und tut so, als würde sie die blöden Bemerkungen nicht hören. Wahrscheinlich sind wir deshalb so schnell die besten Freundinnen geworden, als ich vor ein paar Monaten mit meinem Papa hierher gezogen war. Ich bin mit meiner alten Motorradlederjacke, den ausgewaschenen Jeans und dem Cap, das ich immer verkehrt herum trage, auch nicht gerade nach der letzten Mode gekleidet. Ich hätte aber kein Problem damit, meine Fäuste zu benutzen. Nur bin ich, im Gegensatz zu Blümchen, klein und zierlich und kann nicht boxen. Dafür habe ich knallrote Haare.

»Was macht denn das Schaf hier?«, fuhr Opa Schraube Amanda gleich an.

»Sie möchte sich gern den Kampf ansehen. Sister X interessiert sich dafür – obwohl ich das nicht so ganz verstehen kann. Für mich ist Boxen ein recht brutaler Sport.«

»Das sehen Sie falsch, Gnädigste«, meinte Walter, der immer so aussieht, als wäre er auf dem Weg zum Ball der einsamen Herzen. »Es läuft alles nach sehr strengen Regeln ab, vor allem bei den Amateuren.«

»Könnt ihr das vielleicht später diskutieren?«, ging Opa Schraube dazwischen. »Ich habe im Augenblick andere Sorgen. Und dabei kann ich kein Schaf gebrauchen! Egal, ob mit oder ohne Sonnenbrille!«

»Amanda hat dem Mann am Eingang erzählt, Sister X könne boxen, Opa!«, kicherte Blümchen.

»So einen Blödsinn kann auch nur sie erzählen«, brummte Opa Schraube.

Amanda setzte ein nachsichtiges Lächeln auf. »Sister X ist ein außerirdisches Schaf. Das wissen Sie doch. Es kann viel mehr als gewöhnliche Schafe. Boxen gehört dazu. Wir benötigen nur passende Boxhandschuhe.«

»Boxhandschuhe?«, kreischte Opa Schraube.

Amanda nickte. »Sie sollten mehr Vertrauen zu Sister X haben und sich nicht immer so störrisch wie ein alter Esel anstellen.«

Opa Schraube schnappte nach Luft. »Alter Esel?«

Günter, Willi und Walter bissen sich auf die Lippe und drehten Opa Schraube den Rücken zu. Sie hatten alle Mühe, sich das Lachen zu verkneifen.

»Reg dich ab, Schraube«, meinte Günter schließlich mit einem breiten Grinsen. »Sag uns lieber, wo unsere

Plätze sind. Schließlich wollen wir uns den Kampf nicht im Stehen ansehen.«

Opa Schraube holte tief Luft. Dabei verlangsamten sich die Kreiselbewegungen seines Zigarrenstummels. »Also gut«, schnaufte er dann, ohne den Blick von Sister X zu nehmen. »Während Eric kämpft, könnt ihr in der ersten Reihe neben mir sitzen. Beim Hauptkampf mit Klatschko müssen wir verschwinden. Dann sitzen hier die Promis.«

»Wen interessiert Klatschko, wenn Goldi boxt?«, flüsterte ich meiner Freundin zu.

Blümchen antwortete nicht, aber wie immer, wenn die Sprache auf Eric Goldmann kam, den wir heimlich nur »Goldi« nannten, bekam ihr Gesicht einen verklärten Ausdruck.

Wir setzten uns in die erste Reihe der Zuschauerränge. Das war wohl etwas Besonderes, denn plötzlich spürte ich viele Blicke auf uns gerichtet. Vielleicht fragten sich die Leute, ob wir auch Promis waren. Ich genoss es, während Blümchen so aussah, als wollte sie am liebsten unsichtbar werden.

Opa Schraube lief vor uns auf und ab wie ein Tiger in einem Käfig. Dabei kam sein Zigarrenstummel wieder auf Touren.

Plötzlich ging ein Raunen durch das Publikum. Dann entdeckte ich ihn auch: Goldi! Wieder einmal wurde mir klar, wie süß er ist. Supersüß! Supersupersüß! Er ist zwar ein paar Jahre älter als Blümchen und ich, aber das stört uns nicht.

Als Goldi in den Ring stieg, kam ein Applaus auf, der mein Herz spürbar schneller klopfen ließ.

»Was würde ich dafür geben, noch einmal vor einer solchen Kulisse boxen zu dürfen«, seufzte Opa Schraube und ging zu seinem Schützling.

Kurz darauf stieg auch Goldis Gegner in den Ring. Er war um einiges größer und schwerer.

»Auweia! Der sieht aber stark aus!«, rutschte es mir heraus.

»Das ist beim Boxen nicht immer von Vorteil«, meinte Walter. »Schraube hat Eric bestimmt auf seinen Gegner vorbereitet. Schraube ist ein guter Trainer und Eric hat viel Talent. Immerhin haben die beiden es bis zum Halbfinale geschafft.«

»Hoffentlich hast du Recht«, seufzte Blümchen. Sie drückte so fest die Daumen, dass ihre Fingerknöchel weiß wurden.

Halbfinale! Das war wirklich toll. Noch ein Kampf und unser Goldi würde im Finale um die Jugendmeisterschaft stehen!

Eric saß in seiner Ecke und hörte sich Opa Schraubes Anweisungen an. Damit ihn sein Schützling besser verstand, hatte Opa Schraube sogar seinen Zigarrenstummel aus dem Mund genommen. Ab und zu nickte Eric, während er an seiner Trinkflasche nuckelte, die er aus seiner Sporttasche neben sich geholt hatte.

Ein Mann in einem schwarzen Anzug stieg in den Ring und stellte unter dem Applaus der Zuschauer Goldi und seinen Gegner vor. Die beiden gaben sich die Hand, oder besser gesagt die Boxhandschuhe, der Ringrichter machte ein Zeichen, der Gong ertönte und es ging endlich los. Erste Runde!

Gleichzeitig schienen die Zuschauer völlig aus dem Häuschen zu geraten. Sie johlten und tobten und feuerten die beiden an. Ich sah die Zuschauerränge hinauf. Nun verstand ich, was Opa Schraube vorhin gemeint hatte. Mein Körper bestand praktisch nur noch aus Gänsehaut. Opa Schraube setzte sich zu uns und stierte mit vorgestrecktem Kopf in den Ring.

Blümchen und ich hatten Eric oft beim Training beobachtet. Opa Schraube hatte häufig mit ihm geschimpft, weil er nicht genug »Killerinstinkt« zeige. »Es reicht nicht, nur schön zu boxen, man muss auch gewinnen wollen«, hatte er mehr als einmal gesagt.

Doch nun sahen wir plötzlich einen ganz anderen Eric. Von Anfang an versuchte er seinen Gegner »unter Druck zu setzen«, wie Blümchen es ausdrücken würde. Zum einen führte das dazu, dass die Zuschauer immer lauter jubelten und ihn anfeuerten, zum anderen hatte er schon in der ersten Runde ein paar Treffer landen können. Blümchen und ich waren begeistert. Wir brüllten uns die Kehle aus dem Hals, so wie Opa Schraube auch. Der allerdings nicht vor Begeisterung. Er schien noch wütender zu sein als sonst, wenn Eric im Training bei den entscheidenden Schlägen zögerte.

»Du sollst passiv boxen!«, rief er in den Ring hinein. »Mach die Deckung zu, Junge! Beinarbeit! Das haben wir doch besprochen, verdammt noch mal!«

Als die erste Runde vorbei war und Eric in seine Ecke ging, hielt Blümchen und mich nichts mehr auf den Sitzen. Auch Opa Schraube sprang auf und stürmte zu seinem Schützling. Allerdings ziemlich wütend.

»Warum ist er so sauer?«, fragte ich Walter. »Eric boxt doch toll. Wenn er so weitermacht, gewinnt er bestimmt.«

Walter schüttelte den Kopf. »Das kann schnell ins Gegenteil umkippen«, meinte er. »Schraube hat ihm wohl eine defensive Taktik verordnet, aber an die hält er sich nicht.«

»Defensiv?«, fragte ich zurück. »Was heißt das?«

»Man kann offensiv und defensiv boxen«, antwortete Willi. »Offensiv heißt, dass man versucht den Gegner sooft es geht zu boxen und Treffer zu landen. Wenn man defensiv boxt, versucht man den Gegner kommen zu lassen und seinen Schlägen auszuweichen.«

»Aber davon hat man doch nichts«, unterbrach ich ihn. »Beim Boxen zählen nur die Treffer. Das hat Blümchen mir beigebracht.«

Walter grinste über das ganze Gesicht. »Das stimmt ja auch. Man soll warten, bis der Gegner müde geworden ist.«

»Und das funktioniert?«

Walters Grinsen wurde breiter. »Wenn du überlegst, dass jeder Boxhandschuh mehr als zwei Kilogramm wiegt, kannst du dir vorstellen, wie viel Kraft jeder Schlag kostet – vor allem, wenn er nicht trifft. Ein defensiver Boxer wartet, bis der Gegner sich verausgabt hat –

und dann schlägt er zu. Das macht man vor allem dann, wenn man seinem Gegner körperlich unterlegen ist.«

»Aber Eric ist gut in Form!«, rief Blümchen dazwischen. »Der schafft es auch so!«

In dem Augenblick schlug der Gong zur zweiten Runde. Mit grimmigem Gesicht und kreisendem Zigarrenstummel kam Opa Schraube zur Bank zurück.

»Und?«, fragte Walter.

»Er sagt, er hätte den Gegner im Griff. Er würde sich heute stark genug für einen offensiven Kampf fühlen!«, schnaubte Opa Schraube. »Was bildet sich der Grünschnabel eigentlich ein? Schließlich bin ich sein Trainer!«

»Hoffentlich geht das gut«, raunte Blümchen mir zu. »Walter und Opa Schraube haben Recht. Für eine offensive Taktik ist Goldi seinem Gegner körperlich zu sehr unterlegen.«

Von da an waren meine Fingerknöchel fast so weiß wie die von Blümchen. Jeder Schlag, den Goldi einstecken musste, tat uns fast mehr weh als ihm. Und bei jedem Treffer jubelten wir, als hätten wir nicht mehr alle Tassen im Schrank.

Entgegen Blümchens und Opa Schraubes Befürchtungen hielt sich Eric sehr gut. Doch wir sahen auch, dass er allmählich müde wurde. Das hatte sein Gegner einige Male für einen Treffer ausnutzen können. Als die vorletzte Runde beendet wurde, fiel Blümchen und mir ein Stein vom Herzen.

»Er liegt noch vorn«, meinte Blümchen, ohne die

Augen von Eric zu lassen. »Nur noch eine Runde! Wenn er die übersteht, hat er es geschafft!«

Wie in jeder Kampfpause stand Opa Schraube bei seinem Schützling, um ihm Anweisungen zu geben. Die waren von Runde zu Runde weniger wütend ausgefallen. Auch er schien zu spüren, dass Eric es schaffen könnte.

»Ist er jetzt zufrieden?«, fragte ich Walter.

Der schüttelte wieder den Kopf. »Bestimmt nicht. Es ist immer noch ein großes Risiko. Aber im Ring entscheidet nun mal der Boxer und nicht der Trainer.«

Als der Gong zur letzten Runde ertönte, sah ich für einen Augenblick zu Blümchen, um ihr zu sagen, dass wir noch einmal alles geben mussten, um ihn anzufeuern. Ich kam nicht mehr dazu, denn plötzlich schrie Blümchen auf. Gleichzeitig ging ein Raunen durchs Publikum. Als ich wieder zum Ring sah, stand nur noch Erics Gegner dort.

Ich sprang auf. Da sah ich Eric. Er lag vor dem Ringrichter und wurde ausgezählt: »Acht! – Neun! – Aus!«

✶ 2 ✶

Opa Schraube, Willi, Günter und Walter sprangen gleichzeitig zum Ring und halfen Eric auf. Blümchen und ich konnten uns vor Entsetzen nicht rühren. Zum Glück war Eric nicht bewusstlos. Er stand auf und mit Opa Schraubes Hilfe wankte er in seine Ecke.

Als der Ringrichter die beiden zu sich holte, schien Eric wieder einigermaßen klar zu sein. Der Ringrichter erklärte Goldis Gegner zum Sieger, indem er seinen Arm hochhob. Als ich Erics Gesicht sah, hätte ich heulen können.

Mit hängenden Schultern kletterte er aus dem Ring und lief, den Blick stur auf den Boden gerichtet, an uns vorbei zu den Kabinen. Opa Schraube folgte ihm mit versteinertem Gesicht. Den jubelnden Applaus der Zuschauer, der sicher auch ihm galt, schien er überhaupt nicht zu hören.

Blümchen hatte Tränen in den Augen. Und mir war ehrlich gesagt auch zum Heulen zumute.

»Er war so nah dran! So nah!«, jammerte sie.

Willi zuckte mit den Schultern. »Das kommt davon, wenn man nicht auf seinen Trainer hört.«

»Sollen wir auch zur Kabine gehen?«, fragte ich meine Freundin. »Vielleicht können wir ihn ja etwas aufmuntern.«

»Das ist eine gute Idee«, antwortete Amanda, die während des Boxkampfes nicht ein Wort gesagt hatte. »Vielleicht erfahren wir dort etwas mehr über die Umstände dieses seltsamen Boxkampfes.«

»Seltsam?«, fragte Blümchen sie. »Welche Umstände meinst du?«

Über Amandas Gesicht huschte kurz ein Lächeln. »Da ihr ja so große Fans des jungen Mannes seid, habe ich ihn mir auch schon einige Male beim Training angesehen. Und dort hat er immer ganz anders geboxt als hier.«

»Das haben Sie gut beobachtet, Gnädigste«, sagte Walter. »Das ist mir auch aufgefallen. Er war viel aggressiver als sonst.«

»Dann lassen Sie uns gehen und hören, was sein Trainer dazu zu sagen hat«, meinte Amanda. »Hier dürfen wir ja ohnehin nicht bleiben. Gleich kommen die Promis. Und ich möchte nicht, dass Sister X ihnen die Show stiehlt.«

Dank der guten Beziehungen von Günter, Willi und Walter kamen wir bis zum Massageraum, wo die Boxer auf einer Massagebank, die in der Mitte des Raumes stand, noch einmal »locker« gemacht werden, wie Walter es ausdrückte. Dahinter befanden sich die Duschen und die Umkleidekabinen.

»Kommt Waldemar Klatschko auch hierher?«, fragte Blümchen Opa Schraubes Freunde.

Willi schüttelte den Kopf. »Der ist auf der anderen Seite der Halle. Und dorthin hätten uns seine Leibwächter ganz sicher nicht gelassen.«

»Er kann doch boxen! Wozu braucht der einen Leibwächter?«, rutschte es mir heraus.

Während wir warteten, sah ich mich genauer um. Kurz nachdem ich Blümchen, Opa Schraube, seine Freunde und den Boxclub kennen gelernt hatte, hatte ich mir in einer Videothek alle »Rocky«-Boxfilme ausgeliehen. Irgendwie erinnerte mich das hier an diese Filme. Auf den Tischen neben der Massagebank türmten sich Berge von Handtüchern, daneben standen Flaschen mit Massageöl. An den Wänden hingen Bilder von berühmten Boxern, die vielleicht auch schon einmal hier gewesen waren. Für mich roch dieser Raum nach einer aufregenden neuen Welt. Allmählich verstand ich, warum meine Freundin und ihr Opa sich so sehr für diesen Sport begeisterten.

Endlich öffnete sich die Tür zur Umkleidekabine und Opa Schraube kam mit seinem Schützling heraus. Soweit ich sehen konnte, hatte sein Gesicht zwar einiges abbekommen, aber er sah immer noch toll aus, trotz des leuchtend blauen Auges. Nur sein süßes Lächeln zeigte er uns nicht. Er ließ die Schultern hängen und sah auf den Boden. Nun waren Blümchen und ich ihm endlich einmal ganz nah, aber das ausgerechnet nach seiner Niederlage.

»Ich hoffe, du hast ihm nicht zu sehr zugesetzt«, meinte Walter zu Opa Schraube. »Der Junge ist schon gestraft genug.«

Opa Schraube schüttelte nachdenklich den Kopf. »Es hätte ja sogar fast geklappt. Außerdem hat er zum ersten Mal richtigen Killerinstinkt bewiesen.«

»Dieses Wort mag ich überhaupt nicht«, sagte Amanda mit hochgezogenen Augenbrauen.

»Darum geht es aber beim Boxen«, brummte Opa Schraube.

»Uns ist auch aufgefallen, dass du viel aggressiver als beim Training geboxt hast«, wandte sich Walter an Eric. »Woran lag das?«

Eric sah ihn traurig an. »Ich weiß nicht. Ich habe mich stark gefühlt und dachte immer nur: Heute packst du ihn! Sonst war ich doch immer viel vorsichtiger. Als wäre ich gar nicht mehr ich selbst gewesen. Tut mir echt Leid, Trainer. Ich hätte auf Sie hören sollen.«

Opa Schraube winkte ab und brummte etwas hinter seinem kreisenden Zigarrenstummel.

Plötzlich ging ein Ruck durch Opa Schraube und seine Freunde, die uns gegenüberstanden. Sie reckten die Hälse und sahen über uns hinweg.

»Mama!«, seufzte Eric und verdrehte die Augen.

Als ich die Frau sah, die mit ausgebreiteten Armen auf Eric zusteuerte, wusste ich, warum er so hübsch war. Das hatte er wohl von seiner Mutter geerbt.

Opa Schraube und seine Jungs wuchsen gleich um ein paar Zentimeter.

»Sie sind Erics Mutter?«, fragte Opa Schraube mit einer seltsam hohen Stimme. »Angenehm. Sehr angenehm!«

»Ganz unsererseits!«, riefen Günter, Willi und Walter.

Zunächst hörte die Frau nicht auf die vier, sondern nahm ihren Sohn in den Arm und gab ihm einen Kuss auf die Wange.

»Mama!«, rief er und lief knallrot an. Das ließ sein blaues Auge noch ein wenig blauer leuchten. »Das sollst du doch nicht machen! Ich werde bald achtzehn!«

Nun wussten Blümchen und ich endlich, wie alt Goldi war. Das hatte uns Opa Schraube bisher nämlich nicht verraten.

Ich konnte Goldi verstehen. Mir wäre es auch peinlich gewesen, wenn Papa mir hier einen Kuss gegeben hätte. Und ich bin noch ein paar Jahre jünger als Goldi.

»Ich bin deine Mutter«, sagte die Frau nur. »Stell dich nicht so an.« Dann wandte sie sich an Opa Schraube. »Ja, ich bin Erics Mutter, Sibylle Goldmann.«

Opa Schraube machte vor Sibylle Goldmann eine leichte Verbeugung. Das hatte ich noch nie gesehen. Amanda wohl auch nicht, denn sie grinste über das ganze Gesicht.

»Sie sind also der Trainer von Eric?«, fragte seine Mutter.

»Ja, das ist richtig. Was kann ich für Sie tun?«

»Ich wollte Ihnen sagen, dass ich bis heute eigentlich sehr zufrieden mit Ihrer Arbeit war«, antwortete Frau Goldmann. »Immerhin hat Eric es bis zum Halbfinale der Jugendmeisterschaft geschafft. Und heute hätte er sicher auch gewonnen. Nur hatte ich das Gefühl, Sie haben ihn daran gehindert, so zu boxen, wie er wollte.«

»Was habe ich?«, rief Opa Schraube und schnappte nach Luft.

Sibylle Goldmann hob ihre Augenbrauen. »Wenn ich es von meinem Platz aus richtig gesehen und gehört habe, wollten Sie, dass Eric passiver boxt, obwohl er seinen Gegner im Griff hatte!«

»Woher wollen Sie das denn wissen?«, rief Opa Schraube. Nun schien er gar nicht mehr so begeistert von Goldis hübscher Mama zu sein.

»Mama! Bitte!«, ging Eric dazwischen. »Das ist eine Sache zwischen dem Trainer und mir!«

»Oh nein!«, rief Sibylle Goldmann. »Das geht mich sehr wohl etwas an! Schließlich war die Jugendmeisterschaft ein wichtiger Schritt für deine Karriere!«

»Karriere?«, fragte Opa Schraube mit zusammengezogenen Augenbrauen.

»Ja, sicher! Seine Boxkarriere! Die hat er ganz gewiss vor sich! Jeder, der ihn sieht, sagt, er sei ein großes Talent.«

»Mama! Bitte!«, rief Eric noch einmal. »Das interessiert hier niemanden!«

»Oh doch! Mich interessiert das sehr wohl. Schließlich bin ich für deine Zukunft verantwortlich. Und wenn du einmal mit den ganz Großen im Ring stehen willst, dann musst du jetzt schon damit beginnen, deine Karriere zu planen! Sehen Sie das nicht auch so, Herr …«

»Schraube«, ergänzte Amanda. »Wir nennen ihn alle nur Opa Schraube. Auf einen anderen Namen hört er nicht.«

Opa Schraube warf Amanda einen wütenden Blick zu. »Nein, das sehe ich nicht so!«, wandte er sich dann wieder an Erics Mama, die mir von Minute zu Minute unsympathischer wurde.

»Ach, dann denken Sie wohl auch, Eric solle sich lieber mit Hunden und Katzen abgeben?«

»Mama! Bitte!«, rief Eric zum dritten Mal. »Das habe ich dir doch schon so oft erklärt!«

»Hunde und Katzen?«, fragte Amanda. »Eric interessiert sich für Tiere? Das ist ja zaubergalaktisch. Magst du auch Schafe, Eric? Wie du ja weißt, ist Sister X außerirdisch!«

Eric sah zu Sister X und nickte leicht. Ich glaube, dabei lächelte er sogar ein wenig. Süß!

Sibylle Goldmann schien Sister X erst jetzt zu bemerken. Sie sah ein paarmal zwischen Amandas Schaf und unserer Haushälterin hin und her. Dann schüttelte sie den Kopf.

»Schafe haben wir leider nicht«, sagte Eric.

»Wir?«, fragte Amanda. »Wer ist wir?«

»Herr Hantsch und ich«, antwortete Eric. »Er hat ein Tierheim und kümmert sich um Tiere, die ein neues Zuhause suchen. Und ich helfe ihm dabei. Ich mache eine Lehre als Tierpfleger bei ihm. In ein paar Monaten habe ich meine Prüfung und dann will mich Herr Hantsch einstellen. Dann bin ich Tierpfleger. Wie mein Vater!«

»Zaubergalaktisch!«, rief Amanda noch einmal. »Um welche Tiere geht es denn? Um Hunde und Katzen?«

»Um die auch«, antwortete Eric und lächelte zum ersten Mal seit seinem verlorenen Kampf wieder richtig. Ich hörte Blümchen neben mir leise seufzen. »Allerdings ist Herr Hantsch mittlerweile bekannt dafür, dass er so ziemlich jedes Tier aufnimmt, das seine Hilfe braucht. Meerschweinchen, Hamster, Kaninchen, Vögel, Schildkröten, ja sogar Ratten haben wir.«

»Ratten!«, rief Blümchen und schüttelte sich.

»Das sind auch Lebewesen«, sagte Amanda streng. »Können wir euch dort einmal besuchen?«, fragte sie Eric.

»Sicher«, sagte er ein wenig zögernd. »Warum nicht?«

Ein Blick genügte, um mich mit meiner Freundin zu verständigen. Nichts würde uns davon abhalten, Amanda zu begleiten!

»Nun reicht es, Eric«, sagte seine Mutter streng. »Ich habe ja nichts dagegen, dass du diese Ausbildung machst. Aber du solltest dich auch um deine Boxkarriere kümmern. Sogar vor diesem wichtigen Kampf musstest du noch mal zu deinem heiß geliebten Herrn Hantsch. Das war ja wohl wirklich nicht ...«

»Herr Hantsch hat mich gebeten vor dem Kampf kurz vorbeizukommen, um den Futterplan für die nächste Woche durchzusprechen«, unterbrach Eric seine Mama. »Das hat überhaupt nicht lange gedauert!«

»Nicht der auch noch!«, stöhnte Opa Schraube plötzlich auf.

»Was ist los, Schraube?«, hörte ich eine Stimme hinter uns. »Ich wusste gar nicht, dass Sie nicht nur ein schlechter Trainer, sondern auch ein schlechter Verlierer sind.«

»Was ist das denn für einer?«, rief ich.

»Kuhlhardt!«, stöhnte Walter auf. »Der hat gerade noch gefehlt.«

»Kuhlhardt?«, fragte Amanda.

»Der heißt tatsächlich so.«

»Unter cool stelle ich mir etwas anderes vor«, rutschte es mir zum Glück nur leise heraus.

Der Typ, der auf uns zugewatschelt kam, sah aus, als wäre er einem Gangsterfilm entsprungen. Angeklebte Haare, dünner Schnauzbart, groß karierte Jacke und Cowboystiefel.

»Darf ich mich vorstellen?«, rief er in die Runde. »Mein Name ist Kuhlhardt. Oskar Kuhlhardt.«

Wie wir anderen auch, musterte Sibylle Goldmann ihn einige Male von oben bis unten. »Was können wir für Sie tun?«, fragte sie dann kühl. »Wollen Sie mir auch zur Niederlage meines Sohnes gratulieren?«

»Die Niederlage interessiert mich nicht!«, dröhnte Oskar Kuhlhardt. »Sowieso nur Kinderkram, diese Jugendmeisterschaft! Aber ich habe Ihren Sohn boxen sehen. Ein großes Talent, Ihr Sprössling. Verdammt großes Talent!«

»Hören Sie bloß auf!«, rief Opa Schraube plötzlich. »Wir haben Sie nicht hergebeten!«

Erst jetzt sah ich, wie aufgebracht er war. Sein Zigarrenstummel war kaum zu sehen, so schnell kreiste er in seinem Mund herum.

»Lassen Sie nur«, unterbrach Sibylle ihn. »Sie meinen also, dass mein Sohn Talent hat?«, fragte sie Herrn Kuhlhardt schon viel versöhnlicher.

»Allerdings!« Herr Kuhlhardt vollführte eine Handbewegung und hielt plötzlich, wie ein Zauberkünstler, ein kleines Kärtchen in der Hand. »Darf ich Ihnen meine Visitenkarte übergeben? Ich bin Boxtrainer und Manager. Ich könnte mir vorstellen Ihren Sohn unter Vertrag zu nehmen. Das könnte ihm eine Menge Geld einbringen.«

»Vertrag? Geld?«, hauchte Sibylle und riss die Augen auf. Man konnte fast die Euro-Zeichen darin sehen.

Opa Schraube schnappte nach Luft, als wollte er gleich wieder loswettern. »Bevor Sie etwas unternehmen, sollten wir in aller Ruhe darüber reden«, sagte er dann leise zu Sibylle.

»Reden?«, rief Oskar Kuhlhardt. »Wenn ich den Jungen unter Vertrag nehme, gibt es nichts mehr zu reden!«

»Und was ist mit Gol- mit Eric?«, rief Blümchen. »Der wird wohl überhaupt nicht gefragt!«

Herr Kuhlhardt sah meine Freundin mit schief gelegtem Kopf an. »Hat dich jemand um deine Meinung gebeten, Kleines?«

»Ich muss doch sehr bitten!«, rief Amanda.

Herr Kuhlhardt hob beschwichtigend die Hände. »Schon gut. Schon gut. Reden Sie meinetwegen. Aber nicht zu lange. Mein Angebot gilt nicht ewig. Und vor

allem, hören Sie nicht auf den alten Schraube. Der hat nur Angst, dass ich ihm wieder einen Boxer wegschnappe, weil ich zehnmal mehr aus ihm heraushole als er!« Damit machte er auf seinen hohen Absätzen kehrt und watschelte davon.

»Können Sie mir bitte sagen, was das sollte?«, fuhr Sibylle Goldmann Opa Schraube an. »Erst schaffen Sie es nicht, Eric ins Finale zu bringen, und nun wollen Sie ihm auch noch diese Chance verbauen!«

»Chance?«, rief Opa Schraube. »Welche Chance denn?«

»Sie haben ihm jedenfalls noch keinen Vertrag angeboten, bei dem er Geld verdienen kann!«

Opa Schraube sah Sibylle aus zusammengekniffenen Augen an. Sein Zigarrenstummel kreiste nicht mehr. »Machen Sie doch, was Sie wollen«, sagte er, wobei sich seine Lippen kaum bewegten. Bevor Sibylle etwas erwidern konnte, stiefelte er mit weit ausholenden Schritten davon.

»Eric! Wir gehen auch!«, schnaubte Sibylle.

Eric schien plötzlich in sich zusammenzusinken. »Ja, ich will auch gehen. Ich bin müde und mir ist schlecht.«

Als wir durch den Vorraum nach draußen gingen, hörten wir das Publikum in der Halle toben, zehnmal lauter als bei Erics Kampf. Nun war wohl Waldemar Klatschko an der Reihe.

An diesem Tag hatte ich allerdings vom Boxen die Nase voll.

* 3 *

Der Weg zum Parkplatz, wo Amanda Bubi abgestellt hatte, war ziemlich weit. Bubi ist Amandas altes Knattermotorrad. Der dazu gehörende Beiwagen ist für Sister X bestimmt. Meist sitzt Blümchen allerdings mit ihr darin. Mein Stammplatz ist der Soziussitz hinter Amanda. Für meine Freundin und mich gibt es kaum etwas Schöneres, als mit Amanda und Bubi herumzufahren.

»Ich weiß nicht«, sagte Amanda plötzlich. »Irgendetwas stimmt da nicht.«

»Was meinst du?«, fragte Blümchen.

»Ich meine Erics Verhalten. Er sei gar nicht mehr er selbst gewesen, hat er gesagt.«

»Glaubst du, das hat etwas zu bedeuten?«, fragte ich.

»Ja, das glaube ich. Nur weiß ich noch nicht, was. Aber vielleicht erfahre ich ja mehr, wenn ich Eric im Tierheim bei diesem Herrn Hantsch besuche. – Ich wundere mich übrigens, dass ihr mich noch nicht gefragt habt.«

»Was denn?«, fragte Blümchen unschuldig.

Amanda grinste über das ganze Gesicht. »Ob ihr mitkommen dürft.«

»Kannst du hellsehen?«, rief Blümchen.

Amanda sah Blümchen kopfschüttelnd an. »Sicher. Das weißt du doch. So steht es auch auf dem Schild an meiner Haustür.«

»Dürfen wir denn?«, rief ich.

»Glaubt ihr im Ernst, ich würde zu *eurem* Goldi gehen und euch nicht mitnehmen?«

Ich weiß nicht, ob Amanda wirklich hellsehen oder Geister beschwören kann, aber in einem sind Blümchen und ich uns einig: Amanda ist schon eine ganz besondere Frau.

»Seht mal!«, rief Blümchen, als wir schon fast bei Bubi waren. »Da stehen Goldi und seine Mutter. Sie haben ihren Wagen gleich neben Bubi geparkt.«

Als wir näher kamen, sahen wir, dass die beiden nicht allein waren. Neben Eric stand ein Hund.

»Ist das Ihr Motorrad?«, fragte Sibylle Goldmann, als wir bei ihnen eintrafen.

Amanda nickte. »Ja, das ist Bubi, mein Motorrad. Eine alte Harley-Davidson. Hübsch, nicht wahr? – Und ist das Ihr Hund?«

»Nein, der gehört ins Tierheim«, antwortete Eric für seine Mutter. »Ich mag ihn sehr. Und im Tierheim geht es ihm nicht so gut. Darum nehme ich ihn ab und zu mit nach Hause. Mit Hunden komme ich sowieso am besten klar. Herr Hantsch sagt, ich wäre schon ein richtiger Experte. Und dieser Hund ist etwas ganz Besonderes. Außerdem ist er ein Boxer. Ich finde, das passt ganz gut«, fügte er noch mit einem Grinsen hinzu.

Seine Mutter sah ihn strafend an und seufzte hörbar.

»Der ist aber süß!«, rief Blümchen. »Wie heißt er denn?«

»Fridolin. Nicht gerade der coolste Name, aber irgendwie passt er zu ihm.«

Ich ging in die Knie. »Komm, Fridolin! Komm zu mir!«

Der Boxerhund, der fast so hübsch wie sein Herrchen war, setzte sich tatsächlich in Bewegung. Nur lief er nicht zu mir, sondern zu Sister X. Erst jetzt bemerkte ich, dass sie stocksteif neben Amanda stand und Fridolin durch ihre Sonnenbrille ansah. Langsam, fast vorsichtig, lief er auf Amandas Schaf zu, das sich nicht einen Millimeter bewegte. Erst als sich ihre Nasen berührten, blieb er stehen. Da die beiden fast gleich groß waren, standen sie sich Auge in Auge gegenüber.

»Fridolin! Was machst du denn da?«, rief Eric. »Komm her!«

Doch Fridolin rührte sich nicht von der Stelle.

»Ihn fasziniert wohl die Sonnenbrille«, meinte Amanda. »Wartet mal, ich habe da eine Idee!«

Sie lief zu Bubi und kramte in einer der Gepäcktaschen herum. Als sie zu uns zurückkam, trug sie eine der Ersatzsonnenbrillen von Sister X in der Hand und strahlte über das ganze Gesicht. Sie ging zu Fridolin und setzte ihm die Sonnenbrille auf. Und der ließ es sich gefallen. Er ließ es sich tatsächlich gefallen! Er schien sogar Spaß an der Sonnenbrille zu haben, denn er warf Amanda einen kurzen, dankbaren Blick zu. Es war kaum zu glauben!

Niemand sagte etwas, während sich Fridolin und Sister X immer noch Auge in Auge, oder besser Sonnenbrille in Sonnenbrille, gegenüberstanden. Erst dachte ich, sie wollten ewig so stehen bleiben, doch dann passierte etwas, das ich noch nie gesehen hatte. Zunächst rieben sie vorsichtig ihre Nasen aneinander und dann ihre Wangen. Schließlich schmiegte sich Fridolin eng an Sister X.

Ich sah zu Eric. Er wollte wohl etwas sagen, jedenfalls klappte sein Mund auf und zu.

»Zaubergalaktisch! Verwandte Seelen. Ganz eindeutig verwandte Seelen«, sagte Amanda und betrachtete die beiden mit verzücktem Gesichtsausdruck. »Da hast du wirklich einen sehr außergewöhnlichen Hund, mein lieber Eric.«

Seine Mutter war weniger entzückt. »Das ist ja nicht zu glauben! Eric! Nimm diesem Hund sofort die Sonnenbrille ab!«

»Aber warum denn, Mama! Ich finde, sie steht ihm gut! Sieht richtig cool aus. Und ihm scheint sie auch zu gefallen!«

»Damit hat er in der Tat Recht, meine Liebe«, sagte Amanda mit einem freundlichen Lächeln.

»Also gut!«, schnaufte Sibylle. »Meinetwegen. Aber nun komm, Eric! Ich will endlich nach Hause!«

»Ich auch!«, sagte Eric und gähnte herzhaft. »Ich kann meine Augen kaum noch offen halten.«

»Süß!«, seufzte Blümchen, während Eric und Fridolin ins Auto stiegen. Und damit meinte sie sicher nicht den Hund.

»Gehen wir zu dir, Amanda?«, fragte Blümchen, als wir vor dem Haus parkten.

»Sicher, wohin denn sonst?«, gab Amanda zurück.

Amanda ist zwar unsere Haushälterin, aber mittlerweile wohnen wir alle in ihrem großen Haus, das einmal ein Fabrikgebäude gewesen ist. Amanda wohnt ganz oben, Papa und ich darunter und in der ersten Etage Blümchen mit ihrer Mama Gerda und mit Opa Schraube. So wie ich hat Blümchen nur noch einen Elternteil, sie ihre Mama und ich Papa. Im Erdgeschoss ist das Büro von Frau Wolffs Detektei, die sie nach unserem ersten Fall gegründet hat. Sie, aber vor allem Amanda, Sister X, Blümchen und ich haben Papa schon bei einigen seiner Fälle geholfen. Papa ist nämlich Kriminalkommissar, allerdings ist er nicht sehr erfolgreich. Ich glaube, er ist viel zu gutmütig für diesen Beruf. Aber genau darum habe ich ihn so lieb.

Obwohl wir alle unsere eigene Wohnung haben, treffen wir uns eigentlich meistens in Amandas gemütlicher Küche.

Dort deckten Gerda und Papa gerade den Tisch für das Abendessen.

»Sie sind schon zu Hause, Horst?«, fragte Amanda erstaunt.

Papa nickte. »Ich habe heute etwas früher Feierabend gemacht. Der *liebe* Kollege Pauer ist mir auf die Nerven gegangen.«

Herr Pauer ist auch Kommissar und Papas Kollege. Die beiden konnten sich von Anfang an nicht besonders gut leiden. Und auch wir anderen sind froh, wenn uns Herr Pauer möglichst wenig begegnet.

»Stell dir vor, Mama!«, rief Blümchen. »Goldi hat das Halbfinale verloren. Dabei hätte er nur noch die letzte Runde durchhalten müssen!«

»Goldi?«, fragte ihre Mama und schmunzelte. »Ist das nicht der junge Boxer, den Opa trainiert?«

»Der gefällt euch wohl?«, fragte Papa und grinste auch über das ganze Gesicht.

»Geht so«, sagte ich schnell und stellte wieder einmal fest, dass Eltern manchmal ganz schön blöde Fragen stellen können.

Wir saßen schon beim Abendessen, als Opa Schraube kam. Er fährt immer mit dem Fahrrad und da braucht er natürlich länger als wir mit Bubi.

»Haben Sie sich ein wenig abgekühlt?«, fragte Amanda ihn, als auch er sich an den Tisch gesetzt hatte.

»Jemandem, der mich einen alten Esel nennt, bin ich keine Rechenschaft schuldig«, gab Opa Schraube zurück.

Manchmal frage ich mich, warum er und Amanda sich immer zanken müssen, obwohl sie sich doch eigentlich so gut leiden können. Das hatten beide schon mehr als einmal bewiesen.

»Ach, Opa!«, rief Blümchen. »Das hat sie doch nicht so gemeint!«

»Ich weiß«, brummte Opa Schraube. »Aber diese Sibylle Goldmann hat mich völlig verrückt gemacht!«

»Das hat man gemerkt«, schmunzelte Amanda.

Der Zigarrenstummel begann wieder verdächtig schnell zu kreisen. »Ihre Bemerkungen können Sie sich getrost sparen.«

»Sibylle Goldmann?«, fragte Gerda. »Ist das die Mutter von diesem Eric, von dem die Mädchen erzählt haben?«

»Ja, das ist sie«, antwortete Opa Schraube und starrte mit düsterem Blick in die Salatschüssel. »Diese Frau sieht einfach nicht ein, was das Beste für ihren Sohn wäre.«

»Was wäre denn das Beste?«, fragte Amanda.

»Wenn er diesen Vertrag bei Kuhlhardt nicht unterschreibt.«

»Wer ist denn nun schon wieder Kuhlhardt?«, fragte Papa.

»Er ist Manager – Boxmanager«, brummte Opa Schraube. »Ein ziemlich erfolgreicher sogar.«

»Warum wäre es dann so schlimm, wenn der junge Mann einen Vertrag bei ihm unterschreibt?«

Opa Schraube verzog seinen Mund. »Beim Boxen tummeln sich nicht nur nette Menschen. Da gibt es auch eine ganze Menge skrupelloser Typen, die die jungen Boxer regelrecht verheizen. Und Kuhlhardt gehört dazu. Auch wenn rechtlich gesehen, alles immer sehr korrekt ist, was er tut.«

»Ich mag den Typen auch nicht!«, rief ich.

»Ekelhaft!«, fügte meine Freundin hinzu und schüttelte sich.

»Was sagt denn seine Mutter zu diesem Vertrag?«, fragte Gerda.

Opa Schraube schnaubte hörbar. »Ach die! Die denkt ja doch nur an Erics *Karriere* und vor allem ans große Geld.«

»So sieht sie auch aus!«, rief ich.

»Geld ist sehr wichtig«, sagte Gerda. »Vor allem, wenn man keines hat.«

Da sprach sie aus Erfahrung. Sie war einmal Seiltänzerin in einem Zirkus gewesen. Aber nach einem Unfall hatte sie den Beruf nicht mehr ausüben können. Sie hatte sich erst auf das Schminken spezialisiert, aber dann wollte sie wegen Blümchen und Opa Schraube nicht mehr mit einem Zirkus herumziehen. Danach haben sich die drei irgendwie durchgeschlagen. Erst, seit sie die Detektei hat, geht es ihnen wieder besser.

»Das stimmt schon. Man darf nur nicht gierig danach werden«, sagte Amanda. »Reden Sie doch einmal mit Eric.«

Opa Schraube nickte. »Das wollte ich sowieso. Da stimmt etwas nicht.«

Das hatten wir heute schon einmal gehört.

»Was meinst du damit, Opa?«, fragte Blümchen.

Opa Schraube kratzte sich am Kopf. »Sein Verhalten im Ring. Er war nicht wieder zu erkennen. Und dann diese Bemerkung nach dem Kampf. Er hätte sich so stark gefühlt. Da ist etwas faul!«

»Glaubst du, er hat etwas genommen?«, fragte Gerda. »Drogen oder so etwas?«

»Das würde Goldi nie machen!«, rief Blümchen und hielt sich gleich die Hand vor den Mund.

»Ich glaube zwar auch nicht, dass Eric Drogen genommen hat«, sagte Amanda. »Aber auch ich habe mich über sein Verhalten gewundert. Er ist ja wie eine Dampflok auf seinen Gegner losgegangen.«

»Wir sind einer Meinung«, brummte Opa Schraube. »Das sollten wir rot im Kalender anstreichen.«

»Warum kommen Sie nicht mit, wenn ich mich morgen mit Eric im Tierheim treffe? Ich habe seinen Chef, diesen Herrn Hantsch, angerufen. Er hat nichts dagegen, wenn wir Eric dort besuchen.«

»Im Tierheim?«, rief Opa Schraube. »Was soll ich denn da? Nein, nein, mit Eric rede ich allein. Außerdem behalten sie mich am Ende noch dort – weil ich doch ein alter Esel bin!«

Er hatte zwar versucht, das möglichst ernst zu sagen, aber das kleine Schmunzeln war nicht zu übersehen.

»Dafür kommen wir mit!«, rief ich.

»Ich werde Hedwig, Elsbeth und Eleonore anrufen und sie fragen, ob sie nicht auch mitkommen wollen«, sagte Amanda. »Das wird sie sicher auch sehr interessieren.«

Blümchen stieß mich heimlich an. »Das wird bestimmt lustig«, flüsterte sie mir zu.

Am nächsten Tag beeilten wir uns von der Schule nach Hause zu kommen. Wir konnten es kaum erwarten, mit Amandas »Geisterkränzchen«, wie Amanda ihre Freundinnen Hedwig, Elsbeth und Eleonore immer nennt, ins Tierheim zu fahren.

Noch mit unseren Schulrucksäcken in der Hand stürmten wir in Amandas Wohnung. Dort schien niemand zu sein. Doch dann hörten wir aus einem der vielen Zimmer leise Stimmen.

»Ich glaube, sie tun es wieder«, flüsterte Blümchen mir zu.

Wir schlichen uns zu der Tür, hinter der wir die Stimmen gehört hatten, und öffneten sie vorsichtig.

Blümchen hatte Recht gehabt. Der Raum war verdunkelt. Nur der flackernde Schein von ein paar Kerzen beleuchtete die Gesichter der vier Freundinnen. Sister X stand etwas abseits und auf dem Tisch lag Penelope und schnarchte. Penelope ist Amandas Kater. Er schläft den ganzen Tag, wobei er laut schnarcht. Wenn wir ihn nicht zu seinen Mahlzeiten wecken würden, wäre er wahrscheinlich schon verhungert.

Eigentlich sah das Ganze unheimlich, fast gruselig aus. Nur fürchteten Blümchen und ich uns schon lange nicht mehr davor – ganz im Gegenteil. Mindestens einmal in der Woche hält Amanda mit ihren Freundinnen eine Geisterbeschwörung ab. Darum nennt sie die drei auch ihr »Geisterkränzchen«. Meistens reden sie allerdings mit dem Papa von Hedwig und Elsbeth. Die beiden sind nämlich Zwillinge, obwohl sie überhaupt nicht so aussehen. Hedwig ist klein und rundlich und sieht ihrer langen, dünnen Schwester überhaupt nicht ähnlich. Hedwig hat eine Katzenpension, während Elsbeth einen

Hundesalon besitzt. Eleonore, Freifrau von Hoppenstedt ist eine richtige Adlige mit einem Schloss.

Auch dieses Mal wollten Hedwig und Elsbeth wissen, wie es ihrem Papa im Himmel ging.

»Was macht denn deine Hand, Papa?«, wollte Elsbeth gerade wissen. »Die hattest du dir doch verstaucht. Kannst du wieder Harfe spielen?«

»Das ist schön«, sagte Hedwig kurz darauf. »Aber sei noch ein wenig vorsichtig. Gibt es eigentlich Krankenhäuser im Himmel? – Ja, ich weiß, dass man mit einer verstauchten Hand nicht ins Krankenhaus muss. Es interessiert mich nur.«

»Es kann einem doch auch Schlimmeres passieren«, ergänzte ihre Schwester.

»Zum Beispiel kann man von einer Wolke fallen«, sagte Eleonore, ohne eine Miene zu verziehen.

Blümchen und ich schlossen leise die Tür und rannten in Amandas Küche, wo wir das Lachen, das wir die ganze Zeit unterdrückt hatten, endlich herauslassen konnten.

»Ob die das wirklich ernst meinen?«, fragte Blümchen und wischte sich die Tränen aus den Augen.

»Bestimmt, so wie ich die drei kenne!«

Da Amanda und ihr Geisterkränzchen wohl noch eine Weile mit dem Leben im Himmel beschäftigt sein würden, machten Blümchen und ich uns das Essen warm, das, wie immer, wenn wir aus der Schule kamen, auf dem Herd stand. Wir hatten uns schon oft gefragt, wie Amanda das fertig brachte. Wir sahen sie nie richtig arbeiten und doch war nicht nur bei ihr, sondern auch in den beiden anderen Wohnungen und in Frau Wolffs Büro immer alles blitzblank und aufgeräumt. Und ihr Essen war einfach klasse! Wir hatten Amanda schon oft danach gefragt, aber sie sagte immer nur, dass sie schnell arbeiten könnte. Blümchen und ich waren allerdings davon überzeugt, dass Amanda Dinge konnte, von denen wir nicht die geringste Ahnung hatten.

Wir waren gerade dabei die Gummibärchen, die Amanda jeden Tag als Nachtisch für uns auf den Tisch legte, zu vertilgen, als Amanda mit ihrem Geisterkränzchen in die Küche kam.

»Ah, da sind ja die jungen Damen«, begrüßte uns Eleonore. »Schmeckt es euch?«

»Zu viele Gummibärchen sind nicht gesund!«, mahnte Hedwig.

»Die schmecken aber so gut!«, rief Blümchen mit vollem Mund.

»Ich achte schon darauf, dass es nicht zu viele werden«, beruhigte Amanda ihre Freundin.

»Fahren wir jetzt zum Tierheim?«, fragte ich, während ich mir die letzten drei Gummibärchen auf einmal in den Mund schob.

»Das war unser Plan«, antwortete Amanda. »Eleonore ist so nett uns in ihrem Rolls-Royce mitzunehmen.«

Eleonore ist nicht nur adlig, sondern auch sehr reich. Sogar einen Butler hat sie. Der hielt uns schon die Tür von Eleonores riesigem Auto auf, als wir aus dem Haus kamen.

»Oh, die young ladies und das sheep kommen auch with uns«, freute er sich.

»Oh yes, Charles, das tun wir very gerne«, kicherte Blümchen.

Charles heißt eigentlich Karl. Er möchte gern ebenso vornehm wie ein echter englischer Butler sein. Darum versucht er auch Englisch zu sprechen. Allerdings klappt das nie so richtig.

»Wohin kann ich die Ladies driven?«, fragte er, als wir alle eingestiegen waren.

»Zum Tierheim, Charles«, sagte Eleonore huldvoll. »Please!«

»Very gerne, Mylady«, antwortete Charles ebenso huldvoll und fuhr los.

✴ 4 ✴

Als wir am Tierheim ankamen, sahen wir zunächst niemanden. Nach einigem Suchen fanden wir schließlich einen Wegweiser mit der Aufschrift *Büro*.

»Dort treffen wir bestimmt Eric oder seinen Chef«, meinte Amanda und stiefelte auch schon mit Sister X an ihrer Seite los.

Auf dem Weg konnten wir die Tiere zwar noch nicht sehen, dafür aber umso besser hören. Vor allem die Hunde schienen sich die Kehle aus dem Hals zu kläffen.

»Die machen aber einen Lärm«, meinte Blümchen.

»Wahrscheinlich liegt es daran, dass sie sich hier nicht so wohl fühlen«, meinte Amanda. »Schließlich sind sie fast den ganzen Tag in ihrem Zwinger eingesperrt. In einem Tierheim geht das leider nicht anders.«

Blümchen und mir taten die armen Hunde schon Leid, bevor wir sie überhaupt gesehen hatten.

In Herrn Hantschs Büro stand nur ein Schreibtisch, der mit einer Plastikfolie abgedeckt war. In einer Ecke werkelte ein Maler mit einem dicken Pinsel an der Wand herum.

»Augenblick«, sagte er, als er uns sah. »Ich bin gleich für Sie da.«

»Wir wollen Sie nicht stören«, sagte Elsbeth schnell. »Können Sie uns sagen, wo Herr Hantsch, der Leiter des Tierheims, zu finden ist?«

Der Maler sah Elsbeth einen Augenblick lang erstaunt an, dann lachte er aus vollem Hals. »Ich bin Herr Hantsch!«, rief er. »Aber das sieht man wohl unter der ganzen Farbe nicht auf einen Blick.«

»Sie sind Maler?«, fragte Elsbeth verblüfft.

»Nicht jeder, der Farbe an eine Wand streicht, ist ein Maler«, sagte Hedwig und bedachte ihre Schwester mit einem Kopfschütteln.

Elsbeth zog einen Schmollmund. »Was du immer hast!«

»Ich habe Sie gestern angerufen«, sagte Amanda. »Wir wollten uns einmal Ihr Tierheim ansehen. Eric Goldmann hat uns davon erzählt.«

Herr Hantsch nickte. »Es tut mir wirklich Leid, dass ich Sie so empfangen muss«, sagte er, immer noch lachend. »Ich renoviere gerade mein Büro.«

»Das tun Sie selbst?«, fragte Eleonore erstaunt.

»Nicht jeder hat Bedienstete, meine Liebe«, meinte Amanda.

»Wir wollen das Geld für die Handwerker sparen und es lieber für unsere Tiere verwenden«, sagte Herr Hantsch.

»Sehr lobenswert«, sagte Hedwig.

»Allerdings!«, rief Elsbeth.

»In der Tat!«, gab Eleonore ihnen Recht.

»Zaubergalaktisch!«, freute sich Amanda.

Die vier alten Damen strahlten Herrn Hantsch an, als wollten sie einen Preis dafür gewinnen.

»Die Farbe hat er wohl im Sonderangebot bekommen«, flüsterte Blümchen mir zu und verzog den Mund.

Auch ich hatte noch nie ein solch hässliches Orangerot gesehen. Ich fragte mich, wie Herr Hantsch und Eric hier arbeiten wollten, ohne dass ihnen die Augen brannten.

»Wie ich sehe, haben Sie ein Tier mitgebracht«, sagte Herr Hantsch und zeigte auf Sister X. »Wollen Sie es bei mir lassen? Wurde es auch misshandelt?«

»Aber nein! Wie kommen Sie darauf?«, rief Amanda. »Zumindest hoffe ich, Sister X fühlt sich von mir nicht misshandelt.«

»Entschuldigung«, sagte Herr Hantsch schnell. »Ich dachte nur, weil Sie es mitgebracht haben, nicht wahr? Was verschafft mir denn dann die Ehre?«

»Wir wollten Gol-, ich meine Eric, besuchen!«, rief ich. »Ist er nicht da? Wir sind – äh – Freunde von ihm.«

»Ach, dann seid ihr wohl die Enkelinnen seines Trainers? Eric hat mir von euch erzählt.«

»Nur ich bin seine Enkelin«, sagte Blümchen. »Ricki ist meine Freundin. – Und er hat tatsächlich von uns erzählt? Was denn?«

»Wo ist Eric?«, fragte Amanda leider, bevor Herr Hantsch erzählen konnte, was Eric über uns gesagt hatte. Aber zumindest wussten wir jetzt, dass wir nicht ganz unsichtbar für ihn waren.

Herr Hantsch zuckte mit den Schultern. »Wenn ich das wüsste! Ich warte auch schon auf ihn. Wir haben wirklich viel zu tun!«

»Hat er sich nicht gemeldet?«, fragte ich.

»Nein! Das ist es ja! Das sieht ihm gar nicht ähnlich. Sonst ist er immer sehr zuverlässig.«

»Wenn Sie so viel zu tun haben, wollen wir Sie nicht länger stören«, meinte Amanda.

»Aber Amanda, meine Liebe!«, rief Eleonore. »Du willst schon gehen? Gerade, wo es so – interessant wird? Ich würde mich gern einmal umsehen!«

»Sie müssen nicht gehen. Ich zeige Ihnen unsere Tiere. Vielleicht können Sie mir ja sogar helfen.«

»Wie könnten wir Ihnen denn helfen?«, fragte Elsbeth und klimperte mit den Wimpern.

»Das erkläre ich Ihnen, wenn Sie die Tiere gesehen haben«, sagte Herr Hantsch. »Das Schaf lassen Sie besser hier. Wenn die Hunde es sehen, werden sie verrückt spielen. Der Jagdinstinkt, nicht wahr?«

»Das ist kein Problem«, sagte Amanda leichthin. »Sister X versteht sich sehr gut mit Hunden. Sie ist nämlich außerirdisch, müssen Sie wissen.«

»Ach so. – Äh. – Ja, wenn Sie meinen«, sagte der arme Herr Hantsch verdattert.

»Ein sehr netter Mann«, hörte ich Elsbeth hinter mir leise zu ihrer Schwester sagen, während wir Herrn Hantsch folgten.

»In der Tat«, gab Eleonore ihr Recht.

»Und er sieht auch zaubergalaktisch gut aus«, flüsterte Amanda.

Blümchen stieß mich an. Ich sah nicht zu ihr, denn dann hätte ich bestimmt laut lachen müssen.

Auf dem Hof reihte sich ein Zwinger an den anderen. Zunächst schien Herr Hantsch Recht zu behalten. In dem Moment, als Sister X den Hof betrat, verwandelte sich das Kläffen in einen ohrenbetäubenden Lärm. Doch wie immer in solchen Situationen blieb Amanda cool. Sie bückte sich und nahm Sister X kurz die Sonnenbrille ab. Im gleichen Augenblick wurde es still auf dem Hof des Tierheims. Links und rechts von uns sah ich Hunde, die hechelnd und schwanzwedelnd hinter den Gitterstäben ihrer Zwinger standen und zu Sister X herübersahen.

Das erlebten Blümchen und ich nicht zum ersten Mal. Immer wenn Amanda Sister X die Sonnenbrille abnahm, geschahen die seltsamsten Dinge. Allerdings achtete Amanda stets darauf, dass dabei niemand die Augen ihres Schafes sehen konnte. Die hätten Blümchen und ich zu gern einmal gesehen. Wir hätten sicher auch schon öfter die Gelegenheit dazu gehabt. Aber das hätten wir uns nie getraut. Es war eines von Amandas Geheimnissen. Und das sollte es auch bleiben.

»Ein wirklich außergewöhnliches Schaf, nicht wahr?«, sagte Herr Hantsch verdattert.

Dann zeigte er uns seine Schützlinge. Zwischendurch

warf er immer wieder einen Blick auf Sister X und schüttelte den Kopf. Blümchen und ich hätten uns wahrscheinlich darüber amüsiert, wenn da nicht die Geschichten gewesen wären, die Herr Hantsch uns von seinen Tieren erzählte. Die waren wirklich nicht zum Lachen. Wir konnten kaum glauben, welch schlimme Dinge Menschen Tieren antun können. Blümchen ging neben mir her. Sie sagte schon lange nichts mehr. Ich wusste genau, was in ihr vorging.

Eric hatte Recht gehabt. Herr Hantsch hatte tatsächlich einen kleinen Zoo. Es gab alle nur erdenklichen Tiere, die von Menschen als Haustiere gehalten werden. Am liebsten hätten wir von jedem eines mitgenommen. Sogar die Ratten fanden Blümchen und ich nicht so abstoßend, wie wir befürchtet hatten. Eigentlich waren sie sogar ganz putzig.

»Und darum suche ich überall Menschen, die die armen Tiere bei sich aufnehmen und sie besser behandeln, als sie bisher behandelt wurden«, schloss Herr Hantsch seine kleine Führung.

»Wo ist denn Sister X?«, fragte Amanda plötzlich, als wir an den Hundezwingern entlang zu Herrn Hantschs Büro zurückgingen.

Wir fanden sie vor einem der Hundezwinger. Durch ihre Sonnenbrille sah sie hinein. Als wir näher kamen, entdeckten wir zwei Hunde darin. Sie wälzten sich mit erhobenen Pfoten auf dem Rücken.

»Eine Demutsgeste, die zeigen soll, dass sie jemanden als Rudelführer anerkennen«, sagte Herr Hantsch kopfschüttelnd. »Ich habe noch nie gesehen, dass ein Hund das gegenüber einem Schaf tut.«

»Wie gesagt, Sister X ist ein sehr ungewöhnliches Schaf«, meinte Amanda schmunzelnd.

»Die sind aber schön!«, rief Blümchen.

»Ja, das stimmt, nicht wahr?«, sagte Herr Hantsch. »Es sind Windhunde. Ich mag sie besonders gern. Ich wurde in England geboren und habe einen Teil meiner Kindheit dort verbracht. Als Erwachsener habe ich auch einige Zeit in England gelebt und mit Windhunden gearbeitet, nicht wahr. Daher kam auch die Idee für meine Tierschule.«

»Tierschule?«, fragte ich. »Was lernen die Tiere denn hier?«

»Sie lernen wieder Vertrauen zu den Menschen zu haben«, sagte Herr Hantsch sehr ernst. »Aber das ist nicht immer leicht.«

»Was ist denn mit diesen Hunden geschehen?«, fragte Amanda und zeigte auf die beiden Windhunde.

»Ach, die sind zum Glück eine Ausnahme«, strahlte Herr Hantsch. »Ich kümmere mich nur um sie, wenn ihre Besitzer nicht da sind. Das sind Sporthunde. Sie bestreiten Rennen, Hunderennen.«

»Stimmt!«, rief Elsbeth. »Die Hunderennbahn. Davon habe ich gehört.«

Herr Hantsch nickte. »Ich kümmere mich ein wenig um die Hunde dort. Schließlich muss ich ja auch meinen Lebensunterhalt verdienen. Die Tierschule bringt nichts ein, die kostet nur eine Menge Geld.«

»Woher bekommen Sie denn das Geld für Ihre Tiere?«, fragte Amanda.

»Spenden. Aber das reicht meistens nicht. Also muss ich dafür in meine eigene Tasche greifen.«

»Sehr lobenswert!«, rief Elsbeth.

»In der Tat!«, sagte Eleonore.

»Zaubergalaktisch!«

»Eric hat uns erzählt, dass ihm die Arbeit mit Hunden besonders viel Spaß macht. Kümmert er sich denn auch um die Windhunde?«, fragte Amanda, als wir wieder in Herrn Hantschs Büro waren.

Herr Hantsch zog überrascht die Augenbrauen hoch. »Das hat er Ihnen erzählt?«

»Stimmt das denn nicht?«, fragte ich.

»Doch, doch! Er ist wirklich sehr talentiert. Er kümmert sich auch um die Windhunde. Die Leute von der Rennbahn sind ganz begeistert von ihm.«

»Und was ist mit Fridolin?«, fragte Blümchen.

»Ach, den kennt ihr auch schon? Ja, der ist ein – ganz besonderer Hund. Sehr außergewöhnlich. Eric kümmert sich rührend um ihn. Er ist wirklich eine große Hilfe.«

»Was er erst sagen wird, wenn er die Sonnenbrille sieht«, flüsterte Blümchen mir zu.

»Sie erwähnten, wir könnten Ihnen auch helfen, lieber Herr Hantsch«, sagte Eleonore. »Wie haben Sie das gemeint? Benötigen Sie eine Spende?«

Herr Hantsch hob die Hände. »Oh nein! So habe ich das nicht gemeint, nicht wahr! Obwohl ich auch da sicher nicht Nein sagen würde. Doch ich dachte daran, dass Sie möglicherweise Menschen kennen, gute Menschen, die bereit sind eines meiner Tiere aufzunehmen. Vielleicht könnten Sie sich ja einmal umhören, nicht wahr?«

»Lieber Herr Hantsch!«, ergriff Amanda das Wort. »Die Führung durch Ihre Tierschule und vor allem das, was Sie uns über Ihre Tiere erzählt haben, war sehr beeindruckend. Ich denke, Sie haben es mehr als verdient, dass wir Ihnen helfen. Nicht wahr, Schwestern?«

»In der Tat!«, rief Eleonore gleich und auch die Zwillinge nickten heftig.

Bestimmt taten Amanda und ihren Freundinnen Herrn Hantschs Tiere genauso Leid wie Blümchen und mir. Aber das war wohl nicht der einzige Grund, warum die vier dem netten Herrn Hantsch helfen wollten.

»Das würden Sie wirklich für mich tun?«, rief Herr Hantsch und lief knallrot an. »Das wäre wirklich – ja, das wäre wirklich außerordentlich großherzig von Ihnen.«

»Keine Ursache, lieber Herr Hantsch«, sagte Amanda unter dem Wimperklimpern ihrer Freundinnen. »Wir kennen sehr viele tierliebe Menschen. Sicher können wir einige Ihrer Schützlinge gut unterbringen.«

»Ganz rot geworden ist er«, sagte Elsbeth leise zu ihrer Schwester, als Herr Hantsch hinausgegangen war, um Tee zu kochen.

Hedwig seufzte. »Herzig!«

»In der Tat!«

»Zaubergalaktisch! Auf jeden Fall werden wir ihm helfen!«

»Oh ja! Das werden wir!«, riefen Elsbeth, Hedwig und Eleonore wie aus einem Mund.

»Schade, dass Eric nicht da war«, sagte ich, als Charles uns wieder vor unserem Haus abgesetzt hatte.

»Vielleicht ist er ja im Boxclub!«, rief Blümchen. »Könnten wir nicht noch einmal dorthin fahren? Ich würde so gern wissen, ob er sich von der Niederlage erholt hat.«

Amanda zuckte mit den Schultern. »Warum nicht? Allerdings interessiert mich mehr, warum er nicht zur Arbeit gekommen ist.«

Als wir zur alten, verfallenen Boxhalle kamen, in der Blümchens Boxclub sein Zuhause hat, standen Günter, Willi und Walter davor. Opa Schraube und auch Eric waren nicht dabei. Dafür lief Heini Knautschke immer um sie herum und wedelte mit den Armen.

Heini ist ein Riese mit platter Nase und Blumenkohlblätterohren. Er war auch einmal Boxer gewesen, aber nun arbeitet er für den Boxclub als »Mädchen für alles«, wie Opa Schraube immer sagt.

»Was hat Heini denn?«, fragte Blümchen, als wir näher kamen. »Der ist ja völlig aufgekratzt. So kenne ich ihn gar nicht!«

Wann immer man in den Boxclub kommt, ist Heini

auch da. Darin übertrifft er sogar Opa Schraube. Und das will etwas heißen! Aber trotzdem merkt man kaum, dass er dort ist, weil er fast nie etwas sagt und immer ein wenig verschlafen aussieht. Doch nun schien er wirklich sehr aufgeregt zu sein.

»Seht mal da!«, rief Amanda. »Ist das nicht das Auto von Kommissar Pauer?«

Nun erkannte ich es auch. »Tatsächlich! Was macht der denn hier?«

»Eric!«, rief Blümchen. »Hoffentlich ist Eric nichts passiert!«

Und schon rannte sie auf Heini und Opa Schraubes Freunde zu. Amanda, Sister X und ich hatten Mühe, ihr zu folgen.

»Heini! Günter! Willi! Walter!«, rief sie. »Warum ist Kommissar Pauer hier?«

Heini hielt mitten in der Bewegung inne und sah verdattert zu Blümchen. Dann entdeckte er Sister X. »Oh, da ist ja ein Schaf. Das gehört hier aber nicht hin. Soll ich es wegbringen?«, fragte er Walter. Und schon bückte er sich und wollte Sister X aufheben.

»Aber Heini!«, riefen Blümchen und ich gleichzeitig. »Das ist doch Sister X!«

Heini bückte sich und sah Sister X aus ein paar Zentimeter Entfernung in die Sonnenbrille.

»Ach, das Schaf von Frau Amanda«, sagte er dann. »Das habe ich gar nicht erkannt.«

»Heini, Heini«, seufzte Walter und verdrehte die Augen. »Wie oft haben wir dir schon gesagt, du sollst die Brille aufsetzen, die dir der Doktor verschrieben hat.«

»Die drückt aber so«, brummte Heini.

Opa Schraubes Freunde warfen sich einen viel sagenden Blick zu. Heini war nicht nur sehr kurzsichtig. Sein Verstand war auch etwas kurz geraten.

»Ist etwas mit Eric?«, fragte Blümchen noch einmal.

Opa Schraubes Freunde sahen sich an, antworteten aber nicht.

»Die Polizei ist da!«, rief Heini. »Wegen Eric! Alles haben sie durchsucht! Schande! Haben aber nichts gefunden! Ha!«

»Eric? Was ist mit Eric?«, rief Blümchen, wobei sich ihre Stimme fast überschlug.

»Dumme Sache«, meinte Walter endlich. »Ganz dumme Sache. Eric soll gestern beim Halbfinale gedopt gewesen sein. Mit einem ganz üblen Zeug. Und nun glaubt die Polizei, Schraube hätte ihm was gegeben.«

✳ 5 ✳

»Gedopt?«, rief ich. »Opa Schraube? Sind die verrückt?«

»Ganz ruhig, Kinder, ganz ruhig«, sagte Amanda. »Erzählen Sie bitte ganz genau, was passiert ist, lieber Walter.«

»Doping, Frau Amanda!«, rief Heini wieder dazwischen. »Ganz üble Sache! Ganz übel!«

»Heini«, schnaufte Willi. »Warum gehst du nicht hinein und siehst nach Schraube. Vielleicht kannst du ihm ja helfen.«

Heini nickte. »Dem Chef helfen. Mach ich.«

»Eigentlich ist da gar nicht so viel zu erzählen«, begann Walter, als Heini in der Boxhalle verschwunden war. »Vor etwa einer Stunde tauchte plötzlich die Polizei hier auf. Dein Papa ist übrigens auch dabei, Ricki.«

»Papa?«, rief ich. »Ich muss zu ihm!«

»Gleich, Ricki.« Amanda hielt mich zurück. »Lass Walter erst erzählen.«

»Dieser Pauer ging sofort auf Schraube los und hat ihn beschuldigt, er hätte Eric ein Aufputschmittel gegeben.«

»Ausgerechnet Schraube!«, rief Willi. »So ein Blödsinn. Wenn sie ihn kennen würden, hätten sie daran nicht einmal im Traum gedacht!«

»Aufputschmittel?«, fragte Amanda. »Das hört sich aber gar nicht gut an.«

»Das ist es auch nicht«, meinte Walter. »Wenn man es nur einmal nimmt, ist es nicht so gefährlich. Aber auf Dauer kann es süchtig machen, wie eine Droge.«

»Was ist denn das für ein Zeug?«, fragte ich.

»Wenn du es nimmst, fühlst du dich kurz danach, als könntest du Bäume ausreißen. Aber nach einer Weile kehrt sich die Wirkung ins Gegenteil um. Du wirst müde und schlapp, als hättest du tagelang nicht mehr geschlafen. Das Mittel ist schon eine ganze Weile verboten. Ich frage mich, wo es herkommt!«

»Darum war er so müde!«, rief ich. »Und darum hat er gesagt, er habe sich so stark gefühlt!«

»Dann müsste Eric dieses Mittel also kurz vor dem Kampf eingenommen haben?«, fragte Amanda.

Walter seufzte. »So ist es. Es war in sein Erfrischungsgetränk gemischt. Reste davon hat die Polizei in seiner Trinkflasche gefunden.«

»Das hat die Polizei schon herausgefunden?«, rief Blümchen. »Waren die denn bei Eric?«

»Sicher«, antwortete Willi. »Dort waren sie zuerst. Eric hat natürlich alles abgestritten. Er sagt, jemand habe ihm das Zeug heimlich in seine Trinkflasche gegeben. Die Polizei hat seine Sachen durchsucht, aber nichts gefunden. Und nun sind sie hier.«

»Eric hat das Zeug nicht freiwillig genommen!«, rief ich. »Ganz bestimmt nicht!«

»Ich denke auch, so dumm ist Eric nicht«, meinte Walter. »Er musste doch damit rechnen, dass man das Zeug bei der Dopingprobe findet. Und die wird bei solchen Kämpfen immer gemacht!«

»Und wer war es dann?«, fragte ich. »Glauben Pauer und Papa etwa, Opa Schraube wäre es gewesen?«

»Dein Papa wohl nicht«, meinte Willi. »Dieser Kommissar Pauer allerdings umso mehr.«

»Das wundert mich nicht«, seufzte Amanda.

»Ich muss zu Opa!«, rief Blümchen. »Ich muss ihm helfen!«

»Du kannst ihm jetzt nicht helfen«, sagte Günter sofort.

Amanda nahm meine Freundin in den Arm. »Er hat Recht, Blümchen. Außerdem lässt sich dein Opa nicht so leicht unterkriegen. Besser, wir warten, bis sie herauskommen.«

Während wir warteten, war Blümchen kaum zu halten. Sie trat von einem Bein auf das andere und ließ die Tür zur Boxhalle nicht aus den Augen.

Ich verstand sie gut. Immerhin ging es um ihren Opa – und um Goldi! Ich konnte auch kaum glauben, was uns Opa Schraubes Freunde erzählt hatten. Dass er und Eric nichts damit zu tun hatten, stand jedenfalls fest. Jemand musste sie hereingelegt haben. Aber wer? Und warum?

Endlich öffnete sich die Tür und Papa und Kommissar Pauer kamen heraus. Opa Schraube folgte ihnen mit einigem Abstand. Er hatte die Hände in den Hosentaschen vergraben. Sein Zigarrenstummel kreiste nicht, aber von seinen Augen waren nur noch schmale Schlitze zu sehen. Ich konnte mir gut vorstellen, wie wütend er war.

Blümchen raste gleich auf ihn zu und nahm ihn in den Arm. »Das ist nur ein Irrtum, Opa! Bestimmt klärt sich alles bald auf!«

»Wollen wir es hoffen«, brummte Opa Schraube.

Als Papa mich sah, kam er auf mich zu. »Tut mir Leid, Ricki. Das ist eine ganz unangenehme Sache, auch für mich.«

»Für den Jungen ist es noch unangenehmer, Herr Kollege«, schnaubte Kommissar Pauer.

»Das weiß ich auch!«, fuhr Papa ihn an. »Trotzdem glaube ich, dass der Junge und auch die Leute des Boxclubs nichts damit zu tun haben.«

Kommissar Pauer grinste Papa an. »Das kann ich mir denken. Schließlich gehören sie ja sozusagen zu Ihrer Familie. Aber darüber ist das letzte Wort noch nicht gesprochen. Es ist immer wieder das Gleiche! Die jungen Leute müssen unter dem Ehrgeiz ihrer Trainer leiden! Wenn es nach mir ginge, würde ich den ganzen Laden schließen und Erics Trainer verhaften.«

»Zum Glück geht es nicht immer nach Ihnen«, sagte Papa kaum hörbar.

Wahrscheinlich ist Kommissar Pauer ein besserer Polizist als Papa. Aber wenn ich die Tochter von Herrn Pauer wäre, hätte ich mich wahrscheinlich schon längst adoptieren lassen.

»Auf jeden Fall könnte es sein, dass ich Sie noch einmal zu einer Befragung ins Präsidium bitten muss«, sagte er zu Opa Schraube.

»Das ist doch nicht nötig, Herr Pauer!«, rief Papa.

»Oh doch! Das ist es! Bitte halten Sie sich da heraus, Herr Kollege! Ich habe in diesem Fall schon mehr als genug Nachsicht gezeigt.«

Papa holte tief Luft. »Wie Sie meinen«, sagte er dann aber nur. Gegen Herrn Pauer kann Papa sich einfach nicht wehren. Ich weiß auch nicht, warum.

»Ist schon gut«, sagte Opa Schraube zu Papa. »Danke für die Hilfe. Ich komme schon klar.«

Papa sah Opa Schraube lange an. »Hoffentlich«, sagte er dann und stieg zu Kommissar Pauer ins Auto.

»Manchmal kann man froh sein einen Polizisten zu kennen«, meinte Opa Schraube, als er Kommissar Pauers Auto nachsah. »Wenn Horst nicht gewesen wäre, säße ich jetzt mit Handschellen in einem Polizeiauto.«

»Was hat das alles zu bedeuten, Opa?«, rief Blümchen. »Wer macht so etwas?«

»Und warum?«, ergänzte Amanda.

Opa Schraube schüttelte den Kopf. »Keine Ahnung. Aber ich werde es herausfinden. Darauf könnt ihr euch verlassen!«

»Wir helfen dir, Schraube. Ehrensache!«, sagte Walter, und auch Günter und Willi nickten.

Opa Schraube klopfte seinem Freund auf die Schulter. »Danke, mein Alter. Das hätte ich auch nicht anders erwartet. Aber die nächste Sache muss ich allein machen.«

»Die nächste Sache?«, fragte Amanda. »Was meinen Sie damit?«

Opa Schraubes Zigarrenstummel begann wieder zu kreisen. Das beruhigte mich. Er wurde wieder der Alte.

»Wie gesagt, das macht der alte Esel allein«, antwortete Blümchens Opa nur, schwang sich auf sein Fahrrad und radelte davon.

»So ein sturer, alter …«

»Esel«, ergänzte Walter, als Amanda nicht weitersprach.

»Genau! Was hat er denn jetzt vor?«

»Keine Ahnung«, meinte Günter. »Allerdings weiß ich genau, was ich täte, wenn ich an seiner Stelle wäre.«

Amanda sah Günter fragend an.

Plötzlich wusste ich, was Günter meinte. »Eric! Er will zu Eric!«

»Genau!«, rief Blümchen. »Er will von ihm selbst hören, dass er das Mittel nicht freiwillig genommen hat.«

Günter nickte. »Auge in Auge. Wenn der Junge lügt, merkt Schraube es sofort.«

Amanda strahlte uns an. »Sind das nicht zwei kluge Mädchen?«

»Da müssen wir auch hin, Amanda!«, rief Blümchen. »Ich will wissen, was Eric dazu sagt!«

»Ich auch!«, pflichtete ich meiner Freundin bei.

Amanda überlegte einen Augenblick. »Also gut«,

sagte sie dann. »Lasst uns hören, was der junge Mann zu erzählen hat.«

Das ließen wir uns nicht zweimal sagen. Blümchen kletterte zu Sister X in den Beiwagen und ich auf den Soziussitz. Amanda ließ Bubi an und schaltete ihn gleich wieder aus.

»Ich glaube, ich werde alt«, seufzte sie. »Ich weiß doch gar nicht, wo der Junge wohnt.«

Opa Schraubes Freunde sahen sich einen Augenblick an, dann nickten sie kaum merklich.

»Aber wir wissen es, Gnädigste«, sagte Walter dann mit seiner typischen Verbeugung, holte einen Zettel hervor, schrieb eine Adresse darauf und reichte ihn Amanda.

»Danke!«, strahlte Amanda. »Sie sind wirklich ein Gentleman, mein lieber Walter!«

Dann zog sie ihn zu sich heran und gab ihm einen Kuss auf die Wange. Bevor Walter etwas sagen konnte, knatterten wir schon mit Bubi davon. Als ich mich umsah, leuchtete Walters Gesicht in einem wunderschönen Rot, während sich Willi und Günter vor Lachen die Bäuche hielten.

Der Weg zu der Adresse, die Walter uns aufgeschrieben hatte, war ziemlich weit. Schließlich landeten wir in einer Neubausiedlung.

Amanda sah sich um. »Vor ein paar Jahren gab es hier nur Wiesen und Felder. Kaum zu glauben, wie schnell sich alles verändert.«

Amanda hatte Bubi in einer Seitenstraße in der Nähe des Hauses geparkt, wo Eric wohnte.

»Warum halten wir nicht direkt davor?«, fragte Blümchen sie.

»Wir warten auf deinen Opa. Es ist besser, er redet mit Eric. Wir sollten nur zuhören.«

»Glaubst du etwa auch, Eric könnte lügen?«, fragte ich sie.

»Nein, eigentlich nicht. Aber ich möchte schon gern hören, was er dazu zu sagen hat.«

Es dauerte noch ziemlich lange, bis wir Opa Schraube schnaufend und schwitzend die Straße zu Erics Haus heraufkommen sahen. Für den weiten Weg hatte er es mit dem Fahrrad sehr schnell geschafft. Opa Schraube war immer noch sehr gut in Form.

Als er uns dann allerdings entdeckte, fiel er beinahe in Ohnmacht.

»Oh nein! Womit habe ich das verdient? Woher wusstet ihr überhaupt, wohin ich fahre?«

»Hellsehen oder gute Kombinationsgabe. Sie können es sich aussuchen«, schmunzelte Amanda.

»Habe ich eine Chance, wenn ich euch bitte nicht mitzukommen?«

»Nein!«, riefen Blümchen und ich wie aus einem Mund.

»Das dachte ich mir«, seufzte Opa Schraube. »Vielleicht ist es ja gar nicht so schlecht. Acht Ohren hören mehr als zwei.«

»Zehn«, verbesserte Amanda ihn. »Sie haben Sister X vergessen.«

Darauf sagte Opa Schraube nichts mehr, sondern lief mit langen Schritten auf das Haus zu, in dem Eric wohnte.

Wir mussten mehrere Male läuten und dachten schon, es wäre niemand zu Hause, als Sibylle Goldmann endlich die Tür öffnete.

»Sie?«, rief sie fast im gleichen Augenblick. »Sie wagen es tatsächlich, hierher …«

»Regen Sie sich bitte nicht auf, liebe Frau Goldmann«, unterbrach Opa Schraube sie. »Ich möchte nur kurz mit Eric sprechen.«

»Der ist für Sie nicht mehr zu sprechen! Außerdem bin ich nicht Ihre liebe Frau Goldmann!«

»Wer ist denn da, Mama?«, hörten wir endlich Goldis Stimme.

»Wir sind es!«, rief ich. »Ricki, Blümchen und Opa Schraube!«

»Trainer? – Wartet, ich komme sofort!«

Goldis Mama sah mich wütend an und Opa Schraube zwinkerte mir zu.

Allerdings kam zunächst nicht Eric, sondern Fridolin. Der stürmte an uns vorbei auf Sister X zu. Und dann wiederholte sich das Schauspiel, das wir schon auf dem Parkplatz beobachtet hatten. Sie sahen sich in die Sonnenbrillen, rieben ihre Nasen und kuschelten sich aneinander.

»Zaubergalaktisch!«, seufzte Amanda.

»Gehen Sie bitte«, sagte Sibylle Goldmann noch einmal. »Ich möchte nicht, dass Sie mit meinem Sohn sprechen.«

»Aber ich will mit ihnen sprechen, Mama«, sagte Eric, der plötzlich neben seiner Mutter stand und sich sein Hemd zuknöpfte. Er hatte sich nach der ganzen Aufregung wohl hingelegt. Ich musste ein paarmal schlucken, als ich Goldis halb geöffnetes Hemd sah.

»Es tut mir Leid, Trainer!«, rief er, bevor Opa Schraube etwas sagen konnte. »Ich weiß nicht, was da passiert ist!«

»Du hast also nichts damit zu tun?«, fragte Opa Schraube.

»Natürlich nicht! Wie können Sie das nur glauben! Ich weiß nicht, wie das Zeug in meine Flasche gekommen ist!«

Opa Schraube sagte nichts, sondern sah seinen Schützling nur an. »Gut«, sagte er schließlich. »Ich glaube dir.«

»Und was ist mit Ihnen?«, fragte Sibylle Goldmann. »Vielleicht haben Sie ja etwas damit zu tun?«

»Das ist eine Gemeinheit!«, rief Blümchen. »Opa würde niemals ...«

»Schon gut, Blümchen«, unterbrach Opa Schraube sie. »Glauben Sie mir, Frau Goldmann. Ich bin von der alten Schule. Bei mir gibt es keine Mittelchen. Nur harte Arbeit.«

»Das kann ich bestätigen«, schaltete sich Amanda ein

und kassierte gleich einen entsprechenden Blick von Opa Schraube.

»Allerdings weiß ich, dass der Leistungsdruck im Sport immer größer wird, auch für die jungen Leute«, fuhr Opa Schraube ganz ruhig fort. »Da ist die Versuchung groß, ein wenig nachzuhelfen, selbst wenn es auf Kosten der Gesundheit geht.«

»Ich denke, Sie glauben Eric, dass er das Aufputschmittel nicht wissentlich eingenommen hat?«, sagte Sibylle Goldmann.

»Das stimmt. Die Versuchung, von der ich sprach, existiert ja auch nicht nur für die jungen Leute«, sagte Opa Schraube noch ein wenig ruhiger. »Manchmal sind die Eltern nämlich ehrgeiziger als ihre Kinder.«

»Was wollen Sie damit sagen?«, schrie Erics Mama Opa Schraube an.

»Nun hört doch auf!«, ging Eric dazwischen. »Vorläufig kann ich sowieso nicht mehr boxen, vielleicht überhaupt nicht mehr. Der Boxverband sperrt mich doch bestimmt.«

»Das steht noch nicht fest«, erwiderte Opa Schraube. »Der Verband wurde zwar über den Vorfall informiert, aber ob du gesperrt wirst und wenn, für wie lange, ist noch längst nicht sicher.«

»Schön wär's ja«, seufzte Eric.

»Warst du deshalb heute nicht im Tierheim?«, fragte ich. »Wir wollten dich dort nämlich besuchen.«

»Gerade als ich zur Arbeit gehen wollte, kam die Polizei. Ich habe Herrn Hantsch später angerufen und mich entschuldigt. Er war sehr nett und hat gesagt, ich soll erst mal ein paar Tage Urlaub machen. Aber eigentlich würde ich viel lieber arbeiten gehen, um mich abzulenken.«

»Sicher klärt sich die Sache bald zu deinen Gunsten auf«, versuchte Amanda ihn zu trösten. »Dann kannst du auch wieder boxen.«

Eric zuckte mit den Schultern. »Ach, das Boxen ist mir fast schon egal.«

»Egal?«, rief seine Mutter. »Wie kannst du das sagen? Ausgerechnet jetzt?«

»Ausgerechnet jetzt?«, fragte Opa Schraube nach. »Wie meinen Sie das?«

»Also gut«, sagte Sibylle zögernd. »Wenn Sie nun schon einmal hier sind, können Sie es auch erfahren. Ich habe mich dazu entschlossen, das Angebot von Herrn Kuhlhardt anzunehmen. Wir werden einen Vertrag bei ihm unterschreiben.«

»Was sagen Sie da?«, rief Opa Schraube. »Das ist doch nicht Ihr Ernst!«

»Oh doch, das ist es!«

»Weiß Herr Kuhlhardt denn von dem Aufputschmittel?«, fragte Amanda.

»Ja, ich habe es ihm erzählt.«

»Und trotzdem will er Eric unter Vertrag nehmen?«

»Allerdings. Er glaubt auch nicht daran, dass Eric dieses Mittel freiwillig genommen hat. Er hat da einen ganz anderen Verdacht«, fügte sie mit einem Blick auf Opa Schraube hinzu.

»Mama! Bitte!«, rief Eric wieder einmal. »Das müssen wir doch erst noch besprechen.«

»Ich weiß nicht, was es da zu besprechen gibt«, fuhr Sibylle den armen Eric an. »Du hast nun einmal dieses Talent. Und das wirst du nutzen! Dass du den Beruf deines Vaters lernst, ehrt dich ja. Aber du musst doch auch an deine Zukunft denken!«

»Der Vater! Genau!«, rief Opa Schraube. »Was sagt der eigentlich dazu?«

Sibylle sah ihn aus zusammengekniffenen Augen an. »Den gibt es nicht mehr. Eric und ich leben allein. Und nun gehen Sie bitte! Mein Entschluss steht fest!«

Damit packte sie Fridolins Halsband, zog ihn von Sister X weg und schlug die Tür zu.

»Hast du das gehört, Ricki?«, fragte Blümchen, ohne dabei die Augen von der geschlossenen Tür zu lassen. »Eric hat auch nur noch ein Elternteil. Genau wie wir.«

»Ihr habt euren Vater und eure Mutter noch«, erwiderte Amanda. »Ihr wisst nur nicht, wo sie sind. Das dürft ihr nicht vergessen.«

Vergessen? Wie hätten Blümchen und ich das vergessen können?

Als Blümchen und ich uns kennen gelernt und festgestellt hatten, dass sie mit ihrer Mutter und ich mit meinem Vater allein lebte, hatten wir das zunächst nur für einen lustigen Zufall gehalten. Als wir jedoch herausfanden, dass die beiden, als Blümchen und ich noch Babys waren, nicht nur am selben Tag verschwunden waren, sondern kurz vorher sogar noch zusammen gesehen worden waren, konnten wir kaum glauben, dass ausgerechnet wir uns nach so vielen Jahren begegnet waren. Konnte es solche Zufälle geben? Alle, auch Papa und Frau Wolff, glaubten, dass die beiden ein Liebespaar waren und deshalb ihre Familien verlassen hatten. Doch je mehr Blümchen und ich über das Verschwinden der beiden herausgefunden hatten, desto mehr waren wir davon überzeugt, dass etwas ganz anderes, viel Geheimnisvolleres, dahinter steckte.

»Willst du den ganzen Weg mit dem Fahrrad zurückfahren?«, fragte Blümchen ihren Opa, als der mit seinem Fahrrad neben Bubi stand.

»Sicher will ich das. Erstens bleibt mir ja wohl nichts anderes übrig und außerdem ist das gut für die Kondition. Das solltest du auch tun, statt mit dieser Höllenmaschine durch die Gegend zu fahren.«

»Das ist Bubi und keine Höllenmaschine!«, rief Blümchen. »Außerdem trainiere ich fast jeden Tag!«

»Was ist eigentlich so schlimm daran, wenn Eric einen Vertrag bei Herrn Kuhlhardt unterschreibt?«, fragte Amanda dazwischen. »Können Sie ihn dann nicht mehr trainieren?«

»Ich könnte schon«, schnaubte Opa Schraube. »Aber dann will ich Eric nicht mehr trainieren. Kuhlhardt oder ich! Eine andere Möglichkeit gibt es nicht!«

»Er scheint Sie ja zu verdächtigen, Eric das Mittel gegeben zu haben«, sagte Amanda. »Ist das der Grund?«

Opa Schraube antwortete nicht darauf, sondern

schwang sich auf sein Fahrrad und raste die Straße herunter.

»Manchmal ist er echt stur«, sagte Blümchen, während sie ihrem Opa nachsah.

»Da hast du allerdings Recht«, seufzte Amanda. »Ich frage mich, was er gegen diesen Herrn Kuhlhardt hat.«

»Ich mag den auch nicht«, sagte ich.

»Sehr sympathisch ist er wirklich nicht. Das stimmt schon. Aber das kann nicht alles sein. Wir sollten der Sache auf den Grund gehen. Aber das hat Zeit bis morgen.«

∗ 6 ∗

Blümchen und ich haben zwar jeder unser eigenes Zimmer in unseren Wohnungen, aber ich glaube, wir haben dort noch nicht allein geschlafen, seit wir bei Amanda wohnen. Wir übernachten immer gemeinsam, abwechselnd bei Blümchen und bei mir. Dieses Mal war Blümchen dran.

Das Schönste daran ist, dass wir uns vor dem Schlafengehen noch unterhalten können. An diesem Abend gab es natürlich nur ein Thema: Goldi.

Wir waren uns schnell einig, dass wir uns wünschten, Goldi würde nicht zu diesem Oskar Kuhlhardt gehen. Den konnten wir fast noch weniger leiden als Sibylle. Aber vor allem würden wir unseren Goldi dann nicht mehr beim Training beobachten können, weil Opa Schraube ihn nicht mehr trainieren wollte. Und das wäre das Schlimmste!

»Vielleicht kann Opa ihn doch noch irgendwie überreden den Vertrag nicht zu unterschreiben«, meinte Blümchen.

»Schön wär's ja«, sagte ich. »Aber wenn ich an seine liebe Mama denke, habe ich wenig Hoffnung.«

Blümchen ließ einen tiefen Seufzer hören, dann sagten wir lange nichts.

Plötzlich hatte ich eine Idee. »Eigentlich müssten wir ihm ja ein Abschiedsgeschenk machen.«

»Echt?«, rief Blümchen. »Aber er kennt uns doch gar nicht richtig. Jedenfalls hat er bis heute kaum ein Wort mit uns geredet.«

»Ist doch egal«, entgegnete ich. »Ich fände es jedenfalls schön, wenn er ein Andenken an uns hätte. Dann denkt er vielleicht manchmal an uns, wenn er ein berühmter Boxer ist.«

»Und was sollen wir ihm schenken?«, fragte Blümchen.

Ja, genau das war das Problem. Was schenkt man einem Jungen, den man zwar toll findet, der aber noch nichts von seinem Glück weiß?

Mit dieser Frage schlugen wir uns beinahe die halbe Nacht um die Ohren:

Ein Plüschtier? – Zu kindisch.

Ein Kissen in Herzform? – Zu persönlich.

Eine Brieftasche? – Zu unpersönlich.

Einen Kugelschreiber? – Zu einfallslos.

Boxhandschuhe? – Zu teuer.

Rosa Briefpapier? – Zu aufdringlich.

»Ich hab's!«, rief Blümchen endlich. »Wir schenken ihm ein Halsband für Fridolin!«

»Klasse Idee, Blümchen!«, rief ich. »Darüber freut er sich bestimmt!«

»Außerdem können wir es in Elsbeths Hundesalon

kaufen«, meinte Blümchen. »Dort bekommen wir es bestimmt billiger.«

Damit war es beschlossene Sache.

Am nächsten Tag machten wir uns gleich nach der Schule auf den Weg zum Hundesalon von Amandas Freundin Elsbeth.

Die war auch sofort von unserer Idee begeistert und zeigte uns die schönsten Hundehalsbänder aus ihrer »Kollektion«, wie sie sagte. Aber damit waren wir schon beim nächsten Problem: Welches sollten wir nehmen? Die uns gefielen, waren zu teuer, und die wir bezahlen konnten, gefielen uns nicht.

Immer wieder kreisten wir um ein wunderschönes Halsband aus weinrotem Leder.

»Das passt so gut zu Fridolins Fell«, seufzte Blümchen. »Aber vierzig Euro! Das können wir uns echt nicht leisten.«

»Es gibt auch eines in dieser Farbe, das nur zehn Euro kostet«, meinte Elsbeth. »Allerdings ist es aus Kunststoff.«

»Kunststoff?«, riefen Blümchen und ich entsetzt.

»Was könnt ihr denn bezahlen?«, seufzte Elsbeth.

Wir kramten unsere Reichtümer zusammen und kamen auf neunzehn Euro fünfzig.

»Also gut!«, schnaufte Elsbeth. »Weil ihr es seid. Und es ist ja sozusagen für einen guten Zweck. Ich lasse es euch für den Preis.«

Wir sprangen um Elsbeth herum und wollten sie küssen, aber das ließ sie dann doch nicht zu. Dafür packte sie uns das Halsband für Goldi, oder vielmehr für Fridolin, wunderschön ein, mit Schleifchen und allem Drum und Dran.

Als wir nach Hause kamen, zankten sich Opa Schraube und Amanda wieder einmal in Amandas Küche. Doch dieses Mal ging es nicht um Eric.

»Ich dachte immer, Sie wären tierlieb«, sagte Amanda gerade, als wir in die Küche kamen.

»Das bin ich auch!«, rief Opa Schraube. »Aber was soll ich denn mit dem Tier anfangen? Ich habe keine Zeit, mich darum zu kümmern! Das habe ich Ihnen nun schon dreimal gesagt!«

Amanda ließ nicht locker. »So ein Meerschweinchen braucht nicht viel Zeit. Das hat Herr Hantsch auch gesagt.«

»Dann soll er sich doch darum kümmern!«

»Was denn für ein Meerschweinchen?«, rief Blümchen in den Streit der beiden hinein.

»Ich habe ein Meerschweinchen von Herrn Hantsch mitgebracht!«, sagte Amanda mit Unschuldsmiene. »Schließlich haben wir versprochen, ihm zu helfen. Da dachte ich, so ein Meerschweinchen wäre genau das Richtige für deinen Opa.«

»Falsch gedacht«, brummte Opa Schraube und sah auf seine Uhr. »Ich muss jetzt zum Boxclub. Und ich möchte nichts mehr von einem Meerschweinchen hören!«

»Was gibt es denn im Boxclub, Opa?«, fragte Blümchen.

»Frau Goldmann hat mich vorhin angerufen und mir mitgeteilt, dass Eric seine Sachen aus dem Club holen will. Vielleicht schaffe ich es ja, ihn zu überreden, nicht zu Kuhlhardt zu gehen.«

»Er holt seine Sachen ab? So schnell?«, sagte ich und musste schlucken. Blümchen sagte gar nichts mehr. Wahrscheinlich war es auch besser so. Bestimmt hätte sie sonst angefangen zu heulen.

»Ja, die ist sehr fix, die *liebe* Frau Goldmann!«

»Was hat Herr Hantsch denn zu Eric gesagt, als du das Meerschweinchen geholt hast?«, wollte ich wissen, als Opa Schraube, immer noch schimpfend, aus Amandas Wohnung gegangen war.

»Es tut ihm alles furchtbar Leid«, sagte Amanda. »Er war sehr niedergeschlagen. Ich vermute, er macht sich große Sorgen um Eric.«

»Wir müssen halt seine Unschuld beweisen!«, rief Blümchen trotzig. »Dann bleibt er vielleicht doch in unserem Club! Außerdem geht es auch um Opa!«

Amanda lächelte sie an. »So sehe ich das auch. Und wenn du, Ricki, Sister X und ich die Sache in die Hand nehmen, wird es sicher nicht lange dauern, bis wir wissen, was hinter dieser Sache steckt.«

»Genau!«, rief ich. »Da haben wir doch schon ganz andere Fälle gelöst!«

»Eben. Darum habe ich mir heute Morgen auch schon

den Kopf zerbrochen, wer Interesse daran haben könnte, dass Eric dieses Aufputschmittel nimmt.«

»Und wer könnte das sein?«, fragte ich.

»Was meint ihr denn?«, fragte Amanda zurück.

»Mir fällt als Erstes Kuhlhardt ein«, sagte Blümchen nach kurzem Überlegen. »Der will doch Eric als Boxer haben. Vielleicht hat er ja geglaubt, Eric würde gewinnen und er könnte mit ihm dann noch mehr Geld verdienen.«

»Sibylle ist auch verdächtig«, sagte ich. »Die ist so ehrgeizig. Das hat Opa Schraube auch gesagt. Vielleicht war sie es ja, die geglaubt hat, Eric würde so das Halbfinale gewinnen.«

Amanda nickte. »Die beiden sind mir auch eingefallen. – Und Eric selbst. Auch er könnte der Versuchung erlegen sein, von der Opa Schraube gesprochen hat. Er sagt zwar, dass ihm das Boxen nicht so viel bedeutet, aber das muss nicht stimmen.«

»Das ist doch nicht dein Ernst!«, rief Blümchen. »Eric ist unschuldig und außerdem ...«

»Das glaube ich ja auch«, unterbrach Amanda sie. »Aber wenn wir seine Unschuld beweisen wollen, müssen wir jede Möglichkeit in Betracht ziehen. So macht es die Polizei auch. Rein theoretisch ist natürlich auch Opa Schraube verdächtig. Aber bevor ihr euch wieder aufregt: Bei ihm halte ich es für völlig ausgeschlossen. Der Interessanteste von den vieren ist jedenfalls Herr Kuhlhardt. Vor allem, weil Opa Schraube so gegen ihn ist. Ich möchte zu gern wissen, was dahinter steckt.«

»Warum fahren wir nicht zum Boxclub?«, schlug ich vor. »Auch wenn Opa Schraube nichts sagen will. Da sind doch noch Walter, Günter und Willi.«

»Das ist eine gute Idee, Ricki. Die kennen Kuhlhardt sicher auch gut. Und vor allem sind sie gesprächiger und nicht so störrisch wie ein gewisser alter Esel.«

»Vielleicht ist Eric ja da«, meinte Blümchen und strich sanft über das Geschenkpäckchen. »Er will doch seine Sachen aus dem Boxclub holen.«

»Was habt ihr denn da?«, fragte Amanda und zeigte auf das Päckchen.

»Ein Abschiedsgeschenk«, antwortete ich. »Drück uns die Daumen, dass er sich darüber freut.«

»Darüber freut er sich bestimmt.«

Als wir zum Boxclub kamen, waren wir ziemlich nervös. Wir hatten uns darauf geeinigt, dass Blümchen ihm unser Geschenk übergab und ich etwas dazu sagte.

»Das kannst du besser«, hatte Blümchen gemeint.

In der Boxhalle wartete jedoch zunächst eine Enttäuschung auf uns. Wir konnten weder Eric noch Opa Schraube irgendwo entdecken.

»Wollte Opa nicht hier sein?«, fragte Blümchen Walter, der an einem der Boxringe stand. »Eric sollte doch heute seine Sachen abholen, weil er zu Herrn Kuhlhardt geht.«

»Kennst du diesen Herrn Kuhlhardt eigentlich?«, fragte ich Opa Schraubes Freund.

»Allerdings. Er ist tatsächlich Boxmanager, so wie er

gesagt hat. Und wohl kein schlechter, wie man hört. Jedenfalls hat er schon einige Boxer groß herausgebracht. Die haben viel Geld verdient!«

»Und Kuhlhardt noch mehr«, ergänzte Willi, der sich inzwischen mit Günter zu uns gesellt hatte.

»Was hat Opa denn gegen ihn?«, fragte Blümchen.

Walter verzog das Gesicht zu einem schiefen Grinsen. »Die beiden sind vor einer Ewigkeit aneinander geraten. Da hat Kuhlhardt einen jungen Boxer, den Schraube entdeckt und aufgebaut hatte, unter Vertrag genommen. Ihr kennt ihn übrigens auch. Heini Knautschke.«

»Heini?«, rief ich. »Der war ein so guter Boxer?«

»Und ob!«, lachte Günter. »Auch wenn man es ihm heute nicht mehr ansieht. Kuhlhardt hat sich mit Heini eine goldene Nase verdient. Von dem Geld, das Heini bekommen hat, ist allerdings nichts mehr übrig.« Er tippte sich mit seinem Zeigefinger an die Schläfe. »Hat leider nicht viel da drin, der gute Heini.«

»Und darum ist Opa immer noch so wütend auf ihn?«, fragte Blümchen.

»Sicher«, antwortete Willi. »Schraube hatte die Arbeit und Kuhlhardt hat die Jungs weggeschnappt und kassierte. Da wäre doch wohl jeder wütend.«

Amanda schüttelte den Kopf. »Opa Schraube war so aufgebracht. Und das bestimmt nicht nur wegen des Geldes. Dazu kenne ich ihn zu gut.«

»Außerdem hat Schraube Kuhlhardt auch eins ausgewischt. Mann, war der wütend damals«, sagte Walter.

»Was ist denn da passiert?«, fragte Amanda.

»Das ist noch gar nicht so lange her. Schraube hatte herausgefunden, dass bei einem von Kuhlhardts Kämpfen illegal gewettet wurde. Schraube hat ihn angezeigt. Kuhlhardt musste eine dicke Strafe zahlen und außerdem wurde ihm die Lizenz für ein Jahr entzogen.«

»Danach hat man ihn eine Weile nicht gesehen«, grinste Willi. »Ich glaube, er hat sich nach England abgesetzt.«

»Aber kaum hatte er die Lizenz wieder in der Tasche, tauchte er auch schon wieder auf«, ergänzte Günter.

»Ich verstehe Eric nicht!«, rief Blümchen plötzlich. »Warum geht er bloß zu diesem Blödmann! Ich würde mich nie mit Kuhlhardt einlassen!«

Heini Knautschke musste ganz in der Nähe gestanden haben, ohne dass wir ihn bemerkt hatten – wie immer. Doch nun stürzte er sich plötzlich auf Blümchen, packte sie an den Schultern und schüttelte sie so fest, dass sie unser Geschenk für Eric auf den Boden fallen ließ.

»Was ist mit Kuhlhardt?«, schrie er sie an und trampelte dabei mit seinen riesigen Füßen auf dem Geschenkpäckchen herum. »Willst du etwa zu ihm gehen?«

Walter zog Heini von Blümchen weg. »Lass das Mädchen los, Heini!«, fuhr er ihn an. »Was soll das? Blümchen bleibt bei uns! Eric Goldmann ist jetzt bei ihm!«

Heini ließ die Schultern hängen, schnaufte aber immer noch wie ein Stier. »Schweinehund! Verdammter Schweinehund!«, keuchte er.

Walter legte seine Hand auf Heinis Schulter. »Beruhige dich, Junge. Alles ist in Ordnung. Geh zu Willi in die Kneipe und trink ein Bier auf meine Rechnung.«

Heini sah Walter schwer atmend an. »Willis Kneipe? Gibt's die denn noch?«

»Sicher, Heini«, sagte Willi. »Die gibt es noch.«

»Gut, dann geh ich mal. – 'tschuldigung, Blümchen. Wollte dir nicht wehtun«, sagte er dann zu meiner Freundin und schlurfte davon.

»Was hatte Heini nur?«, fragte Blümchen, die ihm ängstlich nachsah, als fürchtete sie, er könne sich gleich wieder umdrehen und sich auf sie stürzen.

Walter zuckte mit den Schultern. »Na ja, Heini ist wohl auch nicht besonders gut auf Oskar Kuhlhardt zu sprechen.«

»Und warum nicht?«, fragte ich ihn.

»Keine Ahnung. Vielleicht gibt er ihm ja die Schuld daran, dass er sein Geld verloren hat.«

»Vielleicht kann Opa ihn deshalb nicht leiden«, meinte Blümchen. »Wo ist Opa überhaupt?«

»Das würde ich auch gern wissen«, antwortete Walter. »Als Eric gegangen war …«

»Er war schon hier?«, riefen Blümchen und ich gleichzeitig.

Walter grinste über das ganze Gesicht. »Ja, er war schon hier. Sein Chef, dieser Herr Hantsch, hat ihn hergefahren. Schraube – ich meine, dein Opa, hat noch einmal versucht ihn davon abzubringen, zu Kuhlhardt zu gehen. Aber Eric hat sich stur gestellt. Allerdings, wenn ihr mich fragt, macht er es nur seiner Mutter zuliebe. Er würde wohl lieber hier bleiben. Jedenfalls hat sich dein Opa, gleich nachdem Eric gegangen war, auf sein Fahrrad gesetzt und war weg. Wohin er wollte, hat er nicht gesagt.«

»Warum sagt Eric seiner Mutter denn nicht, dass er lieber hier bleiben möchte?«, fragte ich.

Wieder zuckte Walter mit den Schultern. »Vielleicht ist er ja ein Muttersöhnchen.«

»Muttersöhnchen!«, schnaufte Blümchen, als Walter uns nicht mehr hören konnte. »Eric ist doch kein Muttersöhnchen!«

»Das ist echt ein bisschen zu hart«, sagte ich. »Aber ehrlich gesagt habe ich mich auch schon gefragt, warum er immer gleich den Kopf einzieht und nichts mehr sagt, wenn seine Mutter in der Nähe ist.«

»Diese Sibylle ist eine blöde Kuh!«, brummte Blümchen und besah sich das ramponierte Päckchen mit dem Hundehalsband. »So können wir es Eric nicht geben.«

»Dann lass uns nach Hause fahren und es neu einpacken«, schlug ich vor. »Wir sehen ihn ja bestimmt noch mal.«

Blümchen nickte. »Vielleicht ist Opa ja auch nach Hause gefahren. Dann kann er uns erzählen, was Eric gesagt hat.«

∗ 7 ∗

Opa Schraube war tatsächlich vom Boxclub aus nach Hause gefahren. Allerdings war er schon wieder weg, als wir dort eintrafen.

»Er war nur kurz hier«, erzählte Papa uns, der schon vom Dienst nach Hause gekommen war. »Er hatte wieder einmal vor Wut Schaum vor dem Mund. Wie ein Stier ist er herumgelaufen.«

»Wegen Eric?«, fragte ich.

»Wahrscheinlich. Aber gesagt hat er nichts, stur wie er ist. Er hat nur gemeint, er müsse noch mal zu Kuhlhardts Büro.«

»Zu Kuhlhardt?«, rief Amanda. »Hoffentlich macht er keine Dummheiten!«

Papa sah sie erstaunt an. »Warum sollte er Dummheiten machen?«

Wir erzählten ihm erst mal ausführlich, was wir alles herausgefunden hatten.

»Irgendetwas stimmt mit diesem Kuhlhardt nicht«, meinte Papa, als wir ihm von Heinis Wutausbruch erzählt hatten. »Das habe ich Pauer auch schon gesagt. Aber der will natürlich nicht auf mich hören. Er ist immer noch überzeugt davon, dass Opa Schraube Eric das Aufputschmittel gegeben hat.«

»Er wird ihn doch nicht verhaften?«, fragte Blümchen ängstlich.

»Nein, dafür werde ich schon sorgen. – Zumindest solange nicht noch etwas passiert.«

»Was soll denn passieren?«, fragte ich.

»Keine Ahnung. Opa Schraube sollte nur vorsichtig sein. Pauer hat ein Auge auf ihn geworfen. Und was das heißt, wisst ihr ja nur zu gut.«

»Ich kann mir nicht vorstellen, dass es Opa Schraube bei Kuhlhardt nur ums Geld geht«, sagte Amanda. »Und dass Heini, der sonst im Boxclub herumsteht, als wäre er ein Verwandter von Sister X, einen Wutausbruch bekommt, wenn er nur den Namen Kuhlhardt hört, hat bestimmt auch andere Gründe.«

»Dann lasst uns doch auch zu Kuhlhardts Büro fahren«, schlug ich vor.

Amanda nickte. »Du hast Recht. Wir sollten diesen Kuhlhardt etwas genauer unter die Lupe nehmen. Außerdem müssen wir den alten Esel vielleicht vor einer Dummheit bewahren.«

»Weißt du denn, wo Kuhlhardt sein Büro hat?«, fragte Blümchen.

Amanda grinste sie an. »Wozu gibt es Willi, Walter und Günter? Die wissen es bestimmt oder können es zumindest schnell herausfinden.«

Amanda hatte Recht. Nach ein paar Anrufen hatten wir die Adresse. Nachdem wir Papa dreimal versichert hatten vorsichtig zu sein und der Polizei nicht ins Handwerk zu pfuschen, machten wir Bubi startklar und fuhren los.

Das Büro von Erics neuem Manager war genauso protzig wie Kuhlhardt selbst. Überall Marmor und Ledersessel. Oskar Kuhlhardts Sekretärin war sehr jung und sah wie ein Model aus einer Modezeitschrift aus.

»Iiiiih! Das ist ja ein Tier!«, kreischte sie, als sie Sister X sah. .

Amanda schaute sie mit hochgezogenen Augenbrauen an. »Gut beobachtet, junge Frau. Genauer gesagt ist es ein Schaf, noch genauer, ein außerirdisches Schaf, wie Sie leicht an der Sonnenbrille erkennen können.«

»Iiiiih! Außerirdisch?«, kreischte die Sekretärin noch einmal. »Wollen Sie mich für dumm verkaufen?«

»Daran würde ich im Traum nicht denken«, meinte Amanda ernst, während ich schon wieder dieses Lachkribbeln im Magen spürte. »Schließlich sind Sie eine intelligente junge Frau. Das Schaf ist eine Rarität. Es ist mit einer ganzen Herde anderer Schafe vor zwei Jahren in Arizona in einer fliegenden Untertasse gelandet. Die Zeitungen waren voll davon. Sie lesen doch sicher Zeitung, oder?«

»Äh, ja, natürlich. Ich glaube, ich erinnere mich auch.«

Amanda lächelte sie an. »Sehen Sie. Diese außerirdische Rasse ist etwas ganz Besonderes. Sie reagiert sehr empfindlich auf Lügen. Wenn jemand in ihrer Gegenwart lügt, wachsen demjenigen in kürzester Zeit überall Pickel, vor allem im Gesicht. Darum werden sie gern als Lügendetektor bei der Polizei eingesetzt.«

Die Sekretärin schluckte. »Pickel? Im Gesicht? Iiiiih!«

Blümchen und ich hatten uns inzwischen umgedreht, sonst hätten wir es nicht mehr ausgehalten.

»Aber darum sind wir ja nicht hergekommen«, fuhr Amanda fort. »Wir haben nur eine Frage. Ist Ihr Chef anwesend?«

Die Sekretärin starrte mit großen Augen auf Sister X. »Mein Chef? – Äh – Nein.«

»Wo ist er denn?«

»Heute ist Mittwoch. Und mittwochs geht er immer zur Hunderennbahn. Das habe ich dem komischen kleinen Mann mit der Zigarre auch schon erzählt. – Wollen Sie sonst noch etwas wissen?«

»Nein, danke«, sagte Amanda freundlich. »Wenn wir noch mehr Informationen über Ihren Chef benötigen, wenden wir uns an Sie.«

»Sicher«, sagte die Sekretärin und fühlte mit beiden Händen über ihre Wangen.

Wir waren noch nicht draußen, da hielt sie sich schon einen Spiegel vor die Nase.

»Manchmal ist Dummheit ein Segen«, seufzte Amanda, als wir das Bürogebäude wieder verließen.

»Auf jeden Fall wissen wir jetzt, dass Opa hier war«, sagte Blümchen.

Amanda grinste sie an. »Der komische kleine Mann mit der Zigarre. Ja, das war er wohl. Und Kuhlhardt ist auf der Hunderennbahn. Das finde ich sehr interessant. Die sollten wir uns auf jeden Fall ansehen.«

»Weißt du denn, wo die ist?«, fragte ich.

Amanda nickte. »Vor einiger Zeit habe ich darüber etwas in der Zeitung gelesen. Es gab Bürgerproteste, als sie gebaut werden sollte. Die haben aber nichts genützt. Seit einem Jahr ist sie in Betrieb.«

Die Hunderennbahn lag etwas außerhalb der Stadt, hinter einem Berg versteckt. Amanda kannte sich in dieser Gegend wirklich sehr gut aus. Ich hätte wahrscheinlich nie dorthin gefunden.

»Das erinnert mich irgendwie an die Pferderennbahn«, sagte ich, als Amanda Bubi davor parkte. Dort waren wir schon oft gewesen, vor allem bei unserem letzten Fall. Außerdem gehörte Walter ein Wettbüro ganz in der Nähe.

»Die ist aber viel kleiner«, meinte Blümchen.

»Hunde brauchen auch weniger Platz als Pferde«, sagte Amanda und grinste.

Als wir vor dem Eingang standen, dachten wir zunächst, die schöne Sekretärin hätte uns trotz der drohenden Pickel eine falsche Auskunft gegeben.

In dem Kassenhäuschen hing ein Schild:

GESCHLOSSEN –
Rennzeiten von Donnerstag bis Sonntag
jeweils 18.00 Uhr
Einlass zwei Stunden vor Rennbeginn

»Heute ist doch Mittwoch«, sagte ich. »Wieso ist Herr Kuhlhardt immer mittwochs da, wenn doch gar keine Rennen …«

»Da steht aber Opas Fahrrad!«, unterbrach Blümchen mich.

Opa Schraubes Drahtesel lehnte ein paar Meter von uns entfernt an einer Wand.

»Dann ist er tatsächlich hier«, meinte Amanda. »Hallo!«, rief sie durch die Gitterstäbe des geschlossenen Eingangstores. »Ist da jemand?«

Nach einigen Versuchen schlich endlich ein Mann in einem blauen Overall auf uns zu.

»Die Rennbahn ist geschlossen«, brummte er, bevor wir etwas sagen konnten.

Amanda lächelte ihn freundlich an. »Das haben wir auch schon bemerkt, guter Mann. Wir möchten aber trotzdem hinein. Wir würden gern mit Herrn Kuhlhardt sprechen.«

»Heute ist Training. Der Chef ist nicht zu sprechen«, brummte der Mann noch ein wenig unfreundlicher.

»Herr Kuhlhardt ist also der Chef«, sagte Amanda. »Das ist ja interessant. Dann wollen wir ihn erst recht sprechen. Gehört ihm die Rennbahn?«

»Das geht Sie nichts an! Was ist das überhaupt für ein komisches Schaf?«, fragte der Pförtner, oder wer der unfreundliche Mann auch immer war. »Mit dem kommen Sie hier sowieso nicht hinein.«

Amandas Lächeln wurde noch ein wenig freundlicher. »Das würde ich an Ihrer Stelle nicht so leichtfertig sagen. Genau um dieses Schaf geht es. Sister X ist nämlich ein zaubergalaktisches Rennschaf.«

»Wie bitte? Wollen Sie mich auf den Arm ...«

»Keineswegs«, unterbrach Amanda ihn. »Herr Kuhlhardt möchte es gern testen. Darum habe ich einen Termin mit ihm.«

»Der Chef hat schon einen Termin. Der ist mit einem Fahrrad gekommen.«

»Das ist der Rennschaftrainer«, meinte Amanda wie selbstverständlich.

Ich fragte mich, wie Amanda es schaffte, ernst zu bleiben. Ich hatte schon wieder fast einen Gesichtskrampf.

Der Mann im Overall klappte erst ein paarmal den Mund auf und zu, bevor er ungläubig fragte: »Ein Trainer für ein Rennschaf mit Sonnenbrille?«

»So ist es. Allerdings handelt es sich nicht um eine Sonnenbrille, sondern um eine Rennbrille. Die braucht Sister X, weil sie so schnell ist. Ohne Brille würden sich bei dem Fahrtwind ihre Augen entzünden. Wenn Sie uns nicht hereinlassen, bekommen Sie sicher Ärger mit Ihrem Chef.«

Der Mann sah Amanda zwar immer noch an, als wäre sie nicht ganz richtig im Kopf, öffnete aber doch zögernd das Eingangstor.

»Meinetwegen«, sagte er dann. »Aber ich bleibe bei Ihnen. Rennschaf. Das will ich sehen!«

»Schön!«, rief Amanda fröhlich. »Dann können Sie uns ja gleich zu Ihrem Chef bringen.«

Wir folgten dem Mann im Overall, der immer wieder

zu Sister X sah und den Kopf schüttelte. Ich sah mich etwas genauer um. Auch von innen hatte die Hunderennbahn viel Ähnlichkeit mit einer Pferderennbahn. Nur die Bahn für die Hunde selbst war schmaler, allerdings nicht viel kürzer.

Plötzlich öffneten sich Boxen an einer Seite der Bahn. Fünf Windhunde schossen heraus und rasten in einem Höllentempo los.

»Was ist das denn?«, rief Blümchen.

Nun bedachte der Mann meine Freundin mit einem Kopfschütteln. »Das ist ein Hunderennen. Genauer gesagt, das Training dafür.«

»Und warum rennen sie so schnell?«, fragte ich.

Der Mann zeigte auf ein kleines Fellbüschel, das sich in einem Affentempo vor den Hunden herbewegte. »Das ist ein künstlicher Hase. Der wird über die Bahn gezogen und dem folgen sie.«

»Das ist aber blöd«, rutschte es mir heraus.

Der Mann sah mich streng an. »Das ist nicht blöd, sondern Jagdinstinkt!«

»Macht den Hunden das Spaß?«, fragte Amanda.

Der Mann lachte laut auf. »Hier geht es nicht um Spaß, sondern um Geld, Gnädigste. Was glauben Sie, wie viel hier an den Wochenenden verwettet wird? Außerdem rennen die Hunde gern. Das liegt in ihrer Natur.«

»Da ist Opa!«, rief Blümchen plötzlich. »An der Rennbahn!«

Er stand dicht neben der Bahn und sah den Hunden nach, die gerade an ihm vorbeigeflitzt waren. Herr

Kuhlhardt war bei ihm. Das erkannte ich schon an seiner Kleidung. Er war genauso seltsam angezogen wie bei unserem ersten Zusammentreffen. Mir taten schon vom Hinsehen die Augen weh.

»Hallo! Herr Kuhlhardt! Hier bin ich!«, rief Amanda und begann wie verrückt zu winken.

Herr Kuhlhardt sah zu uns herüber. Dann winkte auch er zögernd, während sich Opa Schraube mit der flachen Hand vor die Stirn schlug.

»Sehen Sie?«, sagte Amanda. »Herr Kuhlhardt erwartet mich. Sie können beruhigt gehen und weiterarbeiten, sonst denkt Ihr Chef noch, Sie hätten keine Lust dazu.«

»Na gut«, meinte der Mann. »Aber wenn das Schaf rennt, holen Sie mich. Das will ich unbedingt sehen!«

»Aber sicher, guter Mann!«, flötete Amanda und stiefelte auf Opa Schraube und Herrn Kuhlhardt zu.

»Was ist das denn, Schraube?«, rief Herr Kuhlhardt. »Haben Sie Ihre Familie zur Verstärkung kommen lassen? Das nützt Ihnen nichts. Goldmann kommt bei mir unter Vertrag. Wenn Sie wollen, können Sie auch gleich einen Vertrag unterschreiben. Dann verdienen Sie locker hunderttausend im Jahr!«

»Hören Sie endlich auf mit Zahlen um sich zu werfen«, fuhr Opa Schraube ihn an. »Sie wissen genau, dass es mir nicht ums Geld geht!«

»Es geht immer ums Geld, lieber Schraube. Immer!«

»Bei Ihnen vielleicht!«, rief Opa Schraube. »Aber nicht alle sind wie Sie! Gott sei Dank!«

Herr Kuhlhardt schnaubte verächtlich. »Sie können mir doch nicht erzählen, dass Sie für alle Zeit ehrenamtlich, ohne Geld, in Ihrer altersschwachen Boxbude arbeiten wollen. Kommen Sie zu mir! Da haben Sie die modernste Ausstattung und Sie verdienen noch eine Menge Geld!«

»Gehört Ihnen die Rennbahn?«, fragte Amanda, bevor Opa Schraube etwas sagen konnte.

»Allerdings, Gnädigste. Das ist ein Hobby von mir. Und bringt außerdem eine Menge ein.«

»Dann kennen Sie doch sicher auch Herrn Hantsch?«, fragte Amanda weiter.

»Hantsch?«, fragte Opa Schraube dazwischen. »Ist das nicht der Typ mit dem Meerschweinchen?«

»Genau das ist er!«, lachte Herr Kuhlhardt laut los. »Seine *Tierschule!* Davon hat er schon geredet, als ich ihn in England kennen gelernt habe. Jetzt kümmert er sich um meine Hunde. Davon versteht er eine Menge. So ist uns beiden geholfen. Ich habe einen guten Mann für die Hunde und er kann sich von dem Geld, das er bei mir verdient, seine Tierschule leisten.«

»Und Sie wissen auch, dass Eric Goldmann bei ihm arbeitet?«, fragte Amanda weiter.

Herr Kuhlhardt setzte das breiteste und unverschämteste Grinsen auf, das ich je gesehen habe. »Sicher weiß ich das. Ich habe ihm gesagt, dass der Junge auch hier arbeiten kann – sobald ich ihn unter Vertrag habe.«

»Und was hat Herr Hantsch dazu gesagt?«

Herr Kuhlhardt antwortete nicht auf Amandas Frage. »Was ist das denn?«, brüllte er stattdessen und zeigte über uns hinweg in die andere Richtung.

Amanda sah sich um. »Das ist Sister X. Die kennen Sie doch.«

»Aber was macht das Schaf denn da mit meinen Hunden?«, kreischte Herr Kuhlhardt mit knallrotem Gesicht.

»Es sieht so aus, als unterhielte sie sich mit ihnen.«

Während wir bei Opa Schraube und Herrn Kuhlhardt standen, war mir aufgefallen, dass wieder fünf Hunde zu einem Trainingslauf gestartet waren. Doch die hetzten nun nicht mehr dem Fellbüschel hinterher, sondern standen mit schief gelegtem Kopf und schwanzwedelnd am Rand der Bahn und sahen zu Sister X, die sie von der anderen Seite der Bahnbegrenzung aus durch ihre Sonnenbrille betrachtete.

»Die sind aber nicht zum Reden hier, sondern zum Rennen!«, brüllte Herr Kuhlhardt. »Schulze! Wie kommen Sie dazu, das Schaf hereinzulassen?«

Mit hochrotem Kopf trabte der Mann im blauen Overall heran.

»Ich dachte, Sie hätten einen Termin, Chef. Das – äh – Rennschaf!«, stotterte er.

»Rennschaf? Haben Sie getrunken, Mann? Was reden Sie da für einen Blödsinn? Jetzt verschwindet von der Rennbahn! Alle! Und nehmt dieses Vieh mit!«

»Vieh?«, erwiderte Amanda. »Das hört Sister X überhaupt nicht gern.«

»Raus!«

Am Eingangstor lächelte Amanda Herrn Schulze noch einmal freundlich zu. »Sie sollten daraus lernen, nicht alles zu glauben, was man Ihnen erzählt.«

»Machen Sie bloß, dass Sie von hier verschwinden!«, presste Herr Schulze zwischen den Zähnen hervor.

»Na, das war ja großartig!«, fuhr Opa Schraube Amanda an, als Herr Schulze gegangen war. »Was sollte das? Warum sind Sie hergekommen?«

»Das könnten wir Sie auch fragen«, erwiderte Amanda.

»Das ist meine Sache! Wann kapiert ihr das endlich!«, rief Opa Schraube, schwang sich auf sein Fahrrad und strampelte davon.

Blümchen schaute ihm nach. Dabei sah sie traurig aus. »Was verheimlicht er uns nur?«, sagte sie mehr zu sich selbst.

»Das würde ich auch gern wissen«, sagte Amanda. »Allerdings finde ich, dass wir eine Menge interessanter Neuigkeiten herausgefunden haben. Ich weiß nur noch nicht, ob sie mir gefallen.«

»Du meinst, dass Herr Kuhlhardt Herrn Hantsch für seine Hunderennbahn aus England geholt hat?«, fragte ich.

Amanda nickte. »Zwischen Herrn Hantsch, Kuhlhardt und dem Aufputschmittel für Eric gibt es eine Verbindung. Ich frage mich nur, welche.«

»Vielleicht sollten wir doch noch einmal Opa fragen,

was er hier gewollt hat«, sagte Blümchen. »Ich mache mir allmählich Sorgen um ihn.«

»Ich auch«, sagte Amanda. »Also lasst uns nach Hause fahren. So kommt er mir nicht davon. Er ist uns eine Erklärung schuldig.«

* 8 *

Als wir nach Hause kamen, war das Haus wie ausgestorben. Papa hatte Dienst, Gerda war wohl für einen ihrer Klienten unterwegs und Opa Schraube war noch nicht zurück. Er kam auch nicht.

Irgendwann sah Amanda auf ihre Uhr. »Er müsste längst hier sein. Ich hatte fest damit gerechnet, dass er hierher kommt. Aber er scheint doch erst noch woandershin gefahren zu sein.«

»Und wohin?«, fragte ich.

»Da fällt mir nur der Boxclub ein. Lasst uns hinfahren, bevor wir ihn wieder verpassen.«

»So spät noch?«

»War für ihn die Uhrzeit schon einmal ein Grund, nicht in den Boxclub zu gehen?«, erwiderte Amanda.

Wie meistens konnten wir uns auf Amandas Gespür verlassen. Opa Schraube stand mit Willi, Walter und Günter vor dem Eingang des Boxclubs. Seine Zigarre qualmte wie eine Dampflok.

»Das darf ja nicht wahr sein!«, rief er, als er uns sah. »Verfolgt ihr mich, oder was?«

»Alte Esel muss man manchmal zu ihrem Glück zwingen«, gab Amanda zurück.

»Glück? Welches Glück denn?«

»Das Glück Freunde zu haben, die einem helfen wollen.«

Opa Schraube schüttelte den Kopf. »Ich brauche eure Hilfe nicht.«

»Ich mache mir aber Sorgen um dich, Opa«, sagte Blümchen. Ich merkte ihr an, dass die Tränen nicht mehr lange auf sich warten lassen würden.

Opa Schraube sah sie auch gleich schuldbewusst an. »Du musst dir keine Sorgen um mich machen, Kind. Wirklich nicht. Das Ganze hat nichts mit mir zu tun.«

»Mit wem denn dann?«, fragte Amanda.

Opa Schraube sah sie nur an.

»Nun sei nicht so stur!«, rief Walter plötzlich. »Amanda können wir doch vertrauen. Wenn du es nicht erzählst, dann …«

»Untersteh dich!«, unterbrach Opa Schraube ihn.

»Ach was!«, rief nun auch Günter. »Amanda hat Recht. Dich muss man zu deinem Glück zwingen. Es geht um Eric. Als er heute Mittag hier war, hat er …«

»Günter!«, rief Opa Schraube.

»Da hat er Schraube etwas erzählt«, mischte sich nun auch noch Willi ein.

»Also gut!«, schnaufte Opa Schraube. »Dann lasst es wenigstens mich erzählen. Er hat mir gesagt, dass Kuhlhardt einen Profikampf für ihn organisiert hat. In vier Wochen, kurz nach seinem achtzehnten Geburtstag.«

»Das ging aber schnell«, meinte Amanda.

Walter lachte auf. »Das kann man wohl sagen! Vor allem weiß er doch noch gar nicht, ob Eric überhaupt kämpfen darf! Der Verband kann ihn immer noch sperren.«

»Es sei denn, er weiß mehr als wir«, meinte Amanda. »Er hat ihm ja auch einen Vertrag angeboten, obwohl er von dem Aufputschmittel wusste.«

»Auf jeden Fall müssen wir verhindern, dass Eric für Kuhlhardt boxt. Wir *müssen* einfach!«

»Warum ist denn das so schlimm, wenn Eric für ihn boxt?«, fragte ich. »Ich mag ihn zwar auch nicht, aber er hat doch sehr viel Erfolg damit.«

Opa Schraube sah erst mich, dann seine Freunde an. »Kommt mit. Alle«, sagte er dann.

»Und wohin?«, fragte Amanda.

»Zu Heini Knautschke. Er wohnt in der Nähe.«

»Was sollen wir denn da?«, fragte Walter.

»Das werdet ihr schon sehen«, antwortete er nur.

Opa Schraube führte uns zu einem Mietshaus, das von außen ziemlich heruntergekommen aussah.

»Hier wohnt Heini?«, fragte Willi. »Hier war ich noch nie.«

»Hierher kommt nie jemand«, sagte Opa Schraube. »Nur ich manchmal. Viel zu selten, ehrlich gesagt. Wenn wir jetzt zu ihm gehen, lasst mich bitte reden. Er wird sich schon so genug aufregen. Eigentlich sollte Heinis Geschichte nie jemand erfahren. Aber vielleicht ist es tatsächlich besser so.«

»Ich wusste gar nicht, dass Schraube Geheimnisse vor uns hat«, sagte Walter leise zu Günter, als wir die knarrenden Treppen des Hausflurs, in dem es mehr als seltsam roch, hinaufstiegen.

Vor einer Tür, an der die Farbe schon abblätterte, blieb Opa Schraube stehen und klopfte. Eine Klingel gab es nicht. Mir fiel ein handgeschriebener Zettel auf, der an der Tür klebte. *Knauschke* stand darauf.

»Ich dachte immer, Heini heißt Knautschke und nicht Knauschke«, sagte Blümchen.

Opa Schraube verzog den Mund zu einem Lächeln. »Na ja, mit dem Schreiben hat's der gute Heini nicht so.«

Es dauerte nicht lange, da waren schlurfende Schritte hinter der Tür zu hören.

»Was is'n los, Chef?«, fragte Heini mit Kulleraugen, als er die Tür geöffnet hatte. »Warum hast du die vielen Leute mitgebracht?«

»Aber Heini«, sagte Opa Schraube in beschwichtigendem Ton. »Die kennst du doch alle. Das sind Ricki, Blümchen und die Jungs – und sie wollte auch mitkommen«, ergänzte er mit einem Kopfnicken in Richtung Amanda.

»Danke, dass Sie so gütig waren mich mitzunehmen«, meinte Amanda.

»Dürfen wir kurz reinkommen, Heini?«, fragte Opa Schraube.

»Hier rein?«, rief Heini und lief knallrot an. »Aber ich habe nicht aufgeräumt. Warum hast du nix gesagt, Chef?«

»Ist nicht so schlimm, Heini«, sagte Walter gleich. »Uns stört das nicht. Wir sehen einfach nicht hin.«

»Wir auch nicht!«, rief ich.

»Bestimmt nicht«, sagte auch Blümchen.

Zögernd gab Heini den Weg frei. Er führte uns durch eine dunkle Diele in eine Art Wohnzimmer. Auch wenn wir Heini versprochen hatten, nicht auf seine Unordnung zu achten, fiel uns das ziemlich schwer. Das Chaos aus schmutzigem Geschirr, herumliegender Wäsche und verstreuten Schuhen war einfach unbeschreiblich. Wenn Papa das nächste Mal über mein unordentliches Zimmer meckerte, würde ich ihm vorschlagen, sich einmal hier umzusehen.

»Bisschen unordentlich hier«, sagte Heini noch einmal.

»Ist wirklich kein Problem, Heini«, beschwichtigte ihn Opa Schraube. »Kannst du uns nun bitte dein Zimmer zeigen?«

Blümchen und ich sahen uns an. Bewohnte Heini diese Wohnung nicht allein?

»Mein Zimmer?«, fragte auch Heini. »Was meinst du damit, Chef?«

»*Dein* Zimmer, Heini. Du weißt schon, welches ich meine.«

Heinis Miene hellte sich auf. »Ach, das meinst du, Chef! Klar, das zeige ich euch gerne!«

Heini führte uns zurück in die Diele und öffnete eine Tür auf der gegenüberliegenden Seite.

Ich konnte kaum glauben, was ich dahinter zu sehen

bekam. Hier gab es zwar mindestens ebenso viel Kram wie in dem Wohnzimmer, aber hier war alles aufgeräumt und geputzt wie in Amandas Wohnung. Und das will etwas heißen!

Amanda sah sich um. »Das ist ja zaubergalaktisch«, sagte sie leise.

Wozu das Zimmer diente, war schwer zu sagen. Ein wenig erinnerte es mich an ein Museum. An den Wänden gab es vor lauter Fotos, Plakaten und Siegerurkunden kaum noch ein freies Plätzchen. Aus zwei Glasvitrinen leuchteten uns Unmengen von Pokalen, Plaketten und Medaillen entgegen. Und in der Mitte des Raumes stand ein kleiner, niedriger Tisch, der von einer Deckenleuchte angestrahlt wurde. Darauf lagen ein Paar zwar benutzte, aber sehr gepflegte Boxhandschuhe.

Eine Weile sagte niemand etwas. Jeder von uns bestaunte die Fotos und Trophäen, die augenscheinlich Heini gesammelt hatte.

»Sind Sie das, Heini?«, fragte Amanda dann und zeigte auf die Fotos und Plakate an den Wänden.

Wieder lief Heinis Gesicht knallrot an und er nickte, dass seine Blumenkohlohren wackelten.

Ich besah mir die Fotos etwas genauer. Soweit ich sehen konnte, war tatsächlich auf jedem Heini abgebildet. Meist vor, während oder nach einem Kampf, mit Handschuhen, Boxershorts und freiem Oberkörper. Auf einigen, wohl jüngeren Fotos, sah er fast so aus wie heute, auf anderen war sein Gesicht, wohl nach einem Kampf, so zermatscht, dass man ihn fast nicht erkennen konn-

SONNTAG
17. 6.
KILLE
MAS

te. Es gab aber auch ältere Fotos, auf denen der junge Heini Knautschke abgebildet war. Ich erschrak fast, als ich sah, wie hübsch er damals gewesen war, zumindest im Vergleich zu heute. An ihm hatte das Boxen sehr deutliche Spuren hinterlassen.

»Beeindruckend«, sagte Walter. »Wirklich sehr beeindruckend, Heini.«

Heini strahlte. »War meine große Zeit. Hatte 'ne Menge Kämpfe.«

Willi nickte. »Das sieht man.«

»Warum hast du uns das nicht schon früher einmal gezeigt?«, fragte Günter.

»Wollte nicht angeben«, antwortete Heini und grinste verlegen.

»Wirklich erstaunlich«, sagte nun auch Amanda und nickte anerkennend. »Aber was hat das alles mit Kuhlhardt zu tun?«

Als der Name Kuhlhardt fiel, verschwand Heinis Grinsen mit einem Schlag und seine Augen schienen ein wenig hervorzutreten.

»Kuhlhardt? Was ist mit Kuhlhardt?«, rief er und stürzte so schnell auf Amanda zu, dass er beinahe den kleinen Tisch mit den Boxhandschuhen umgeworfen hätte.

»Schon gut, Heini!«, rief Opa Schraube schnell und bedachte Amanda, die erschrocken einen Schritt zurückgewichen war, mit einem strengen Blick. »Alles in Ordnung! Lass uns wieder ins Wohnzimmer gehen. Da können wir in Ruhe reden.«

Wir hatten einige Mühe, in Heinis Chaos einen Sitzplatz zu finden.

»Weißt du, Heini«, begann Opa Schraube, nachdem wir einen Platz ergattert hatten, »die Jungs, die Mädchen und Amanda würden gern etwas über deine große Zeit erfahren.«

»Ja, aber wir wollten doch eigentlich ...« Weiter kam ich nicht, denn nun fing ich mir den strengen Blick und ein kurzes Kopfschütteln von Opa Schraube ein. Das hieß wohl, dass ich meine große Klappe halten sollte.

»Was wollt ihr denn wissen?«, fragte Heini unsicher.

Opa Schraube griff plötzlich in seine Sporttasche und holte eine Flasche Bier heraus. »Die habe ich für dich aus der Kantine mitgebracht«, sagte er und reichte sie Heini. »Erzähl einfach von Anfang an.«

Heini nahm die Flasche, öffnete sie, ohne mit der Wimper zu zucken, mit zwei Fingern und setzte sie an den Mund. Als er sie wieder absetzte, war sie halb leer.

»Fing alles so schön an«, sagte er leise, während er auf die Bierflasche in seiner Hand starrte. »Schraube hat mich damals von der Straße geholt. Hab mich ständig geprügelt, weil alle gesagt haben, ich wär doof. Schraube hat gemeint, ich bin nicht doof und ich soll Boxen lernen. Wer im Ring boxt, prügelt sich nicht auf der Straße, hat er gesagt. Hat Recht gehabt. Guter Trainer, der Schraube.«

Nun, da er einmal mit dem Reden begonnen hatte, sprudelte es nur so aus ihm heraus. Allerdings schien er es mehr sich selbst als uns zu erzählen.

Wenn ich Heini richtig verstand, hatte Opa Schraube ihn entdeckt und die ersten Jahre trainiert. Von ihm hatte Heini alles gelernt, jedenfalls sagte das Heini. Und dann, als die ersten kleinen Erfolge kamen, war plötzlich ein anderer aufgetaucht: Oskar Kuhlhardt!

»Da stand er eines Tages in der Halle, der affige Angeber«, erzählte Heini mit zusammengekniffenen Augen seiner Bierflasche, die er längst ausgetrunken hatte. »Hat was von großem Talent gefaselt und vom dicken Geld. Ha!« Plötzlich lachte Heini laut auf. Es war allerdings kein sehr fröhliches Lachen. »Und ich Idiot bin auf ihn reingefallen! Hätte ich nur auf Schraube gehört!«

»Was hat dir Schraube denn geraten?«, fragte Amanda, als Heini nicht weiterredete.

Heini sah sie nur kurz an, dann wandte er sich wieder der leeren Flasche zu. »Ich soll nicht zu ihm gehen, hat er gesagt. Er würde mich verheizen.«

»Verheizen?«, rief ich dazwischen. Ich konnte mich nicht mehr beherrschen.

Heini nickte. »Erst lief alles ganz gut. Er hat mir tatsächlich 'ne Menge Kämpfe besorgt. Die Gegner waren gleichwertig. Hab mal verloren, mal gewonnen. Aber dann ging's los. Hat mich in immer mehr Kämpfe geschickt, das Schwein. Und die Gegner wurden immer stärker. Ich war hart im Nehmen, aber die haben mich verprügelt! Mannomann! Aber weil ich hart im Nehmen war, hab ich sogar manchmal gewonnen. Bis dann, eines Tages ...«

Heini sprach nicht weiter, sondern starrte stumm auf

seine Bierflasche, die plötzlich mit einem lauten Knall zwischen seinen Fingern zerbrach.

Heini sprang auf. »Oh! Tut mir Leid, Schraube! War da Pfand drauf? Hab wohl zu fest gedrückt!«

»Macht nichts, Heini«, sagte Opa Schraube beschwichtigend und half ihm, wie wir anderen auch, die Scherben aufzusammeln.

»Ich glaube, wir gehen jetzt wieder«, sagte Opa Schraube schließlich. »Danke, Heini. War nett von dir, dass du uns das alles erzählt hast.«

»Gern geschehen, Chef«, meinte Heini verlegen grinsend. »Aber warum wolltet ihr das überhaupt wissen?«

Opa Schraube klopfte Heini auf die Schulter. »Sie wollten etwas von dir lernen, Heini. Und ich glaube, das haben sie auch.«

»Von mir lernen?«, rief Heini. »Aber was kann man denn von mir lernen?«

Opa Schraube antwortete nicht darauf, sondern bedeutete uns mit einem Kopfnicken, dass wir nun gehen sollten.

»Sehr beeindruckend, Sie alter Esel«, sagte Amanda zu Opa Schraube, als wir vor Heinis schäbigem Mietshaus standen.

Das hatte sich tatsächlich bewundernd angehört. Und auch ich sah unseren etwas schrulligen Opa Schraube plötzlich mit anderen Augen.

»Was ist denn da passiert?«, fragte Willi. »Heini hat plötzlich nicht weitererzählt.«

»Ich vermute, dass er eines Tages einen Kampf gehabt hat, der ihm sehr geschadet hat«, meinte Amanda.

»Sehr beeindruckend, Sie alte Schraube«, gab Opa Amanda mit einem Grinsen zurück. »Es war tatsächlich so. Kuhlhardt hat Heini immer schwerere Gegner besorgt und dafür 'ne Menge Geld bekommen. Er wusste, dass Heini ein Nehmer ist und erst aufhört, wenn er bewusstlos zusammenbricht oder einen Kampf gewonnen hat.«

»Wie Rocky!«, rief ich und kassierte dafür von Opa Schraube einen nicht gerade freundlichen Blick.

»Darum hat er es immer toller getrieben«, erzählte er weiter. »Bis er eines Tages sehr schwer getroffen wurde. Der Ringrichter wollte den Kampf vorher abbrechen, aber Heini hat weitergemacht. Na ja, und dann war er so schwer am Kopf verletzt, dass er beinahe gestorben wäre. Von da an durfte er nicht mehr boxen. Ein harter Schlag könnte Heinis Ende sein.«

»Und Kuhlhardt?«, fragte Günter.

Opa Schraubes Gesicht verfinsterte sich. »Der hat ihn einfach auf die Straße gesetzt, dieses skrupellose …«

»Schwein!«, ergänzte ich und niemand widersprach mir.

»Heini kam eines Tages zu mir und war völlig verwahrlost. Alles Geld war weg und er war kurz davor, völlig den Halt zu verlieren.«

»Und da haben Sie ihm die Arbeit im Boxclub besorgt«, ergänzte Amanda.

Opa Schraube nickte nur.

»Und was ist mit Goldi – mit Eric?«, fragte Blümchen. »Hast du Angst, Kuhlhardt könnte das auch mit ihm machen?«

»Ja, das habe ich!«, rief Opa Schraube. »Eric ist intelligenter als Heini. Aber da ist seine ehrgeizige Mama. Und der wagt er sicher nicht zu widersprechen. Also wird er auch keinen Kampf ablehnen, den Kuhlhardt ihm besorgt. Ich würde es mir nie verzeihen, wenn er das gleiche Schicksal wie Heini erleidet. Verdammt noch mal! Ich fühle mich doch immer noch verantwortlich für den Jungen!«

»Warum hast du uns das nicht gesagt, Opa?«, fragte Blümchen. »Wir dachten schon, es ginge dir auch ums Geld.«

Opa Schraube nahm meine Freundin in den Arm. »Weißt du, Blümchen, das sind die hässlichen Seiten unseres Sports. Und damit wollte ich euch nicht belasten, deine Mama und dich.«

»Das war ein Fehler«, sagte Amanda. »Kinder können viel mehr verstehen, als wir Erwachsenen ihnen oft zutrauen. Aber den Fehler haben Sie ja nun wieder gutgemacht.«

Opa Schraube brummelte etwas hinter seinem kreisenden Zigarrenstummel, das ich nicht verstand.

»Wann ist denn dieser Kampf, den Kuhlhardt Eric besorgen will?«, fragte Günter.

»Samstag in vier Wochen – wenn er keine Sperre hat«, antwortete Opa Schraube. »Und bis dahin müssen wir ihn von Kuhlhardt abbringen.«

»Oder wir müssen beweisen, was es wirklich mit diesem Aufputschmittel auf sich hat«, sagte Amanda.

»Glaubst du nun auch, dass Kuhlhardt dahinter steckt?«, fragte Blümchen.

»Ich hoffe es«, seufzte Amanda. »Ich hoffe es.«

Obwohl es mittlerweile sehr spät geworden war, konnten Blümchen und ich nicht einschlafen.

»Ich möchte zu gern wissen, was Amanda damit gemeint hat, als sie sagte, sie hoffe, dass Kuhlhardt hinter dem Aufputschmittel steckt«, sagte ich, während wir uns über unsere eiserne Ration Gummibärchen hermachten.

»Wenn Kuhlhardt es war, dann wird er sicher keine Boxer mehr unter Vertrag nehmen dürfen«, meinte Blümchen. »Und dann kann er niemandem mehr das antun, was er Heini angetan hat.«

»Vor allem Goldi nicht.«

»Eben.«

* 9 *

In den nächsten Tagen zerbrachen Blümchen und ich uns den Kopf, was Kuhlhardt mit dem Aufputschmittel für Eric zu tun haben könnte und vor allem, wie das zu beweisen war.

»Wenn Kuhlhardt Eric das Zeug in die Trinkflasche geschüttet hat, dann gibt es auch keinen Vertrag zwischen Eric und ihm. Und dann bleibt er ja vielleicht doch in unserem Club«, sagte Blümchen an jedem Abend, wenn wir im Bett lagen. Und damit sprach sie mir aus der Seele.

Opa Schraube versuchte verzweifelt Eric zu sprechen, um ihn von dem Vertrag mit Kuhlhardt abzubringen. Doch er scheiterte immer wieder an seiner eiskalten Mama. Es war zum Verrücktwerden. Eric hatte sogar seine letzten Sachen aus dem Boxclub geholt. Blümchen und ich waren wieder nicht dort gewesen. So saßen wir immer noch auf unserem Abschiedsgeschenk.

Nur Amanda schien im Augenblick ganz andere Sorgen zu haben. Blümchen und ich saßen abends wieder einmal in meinem Zimmer und packten wieder einmal unser Geschenk für Eric ein, da die letzte Verpackung schon ziemlich mitgenommen aussah. Außerdem vertrieb uns das die Zeit, denn wir konnten es kaum erwarten, unseren Goldi wieder zu sehen. Ich versuchte gerade zum dritten Mal eine schöne Schleife um das Päckchen zu binden, als jemand kaum hörbar an die Tür klopfte. Es war Amanda.

Sie hatte das Meerschweinchen, das immer noch in ihrer Bibliothek hauste, dabei. In der anderen Hand trug sie einen Vogelkäfig mit zwei Wellensittichen und unter ihren Arm hatte sie ein kleines Kätzchen geklemmt. Besonders das Kätzchen, das seit drei Tagen bei ihr wohnte, hatte es uns angetan. Das interessierte sich allerdings mehr für Penelope, Amandas Kater. Doch der schlief fast den ganzen Tag und schnarchte laut aus seinem Körbchen. Das Kätzchen versuchte ständig ihn zu wecken, doch Penelope drehte sich nur um und schnarchte weiter. Wenn wir Penelope nicht regelmäßig zum Essen wecken würden, wäre er sicher schon verhungert.

»Sind die Wellensittiche neu?«, fragte Blümchen.

Amanda nickte. Dabei sah sie ziemlich verlegen aus. »Ich habe sie gestern von Herrn Hantsch abgeholt. Wellensittiche sind bestimmt leichter zu vermitteln als Meerschweinchen und Katzen.«

»Willst du nicht erst einmal die Tiere vermitteln, die du schon hast, bevor du dir neue aus Herrn Hantschs Tierschule holst?«, fragte Blümchen.

Amanda sah noch ein wenig verlegener drein. »Ja, eigentlich hast du ja Recht, aber Eleonore, Hedwig und

Elsbeth haben schon mehr Tiere vermittelt. Da muss ich doch mithalten. Außerdem freut sich Herr Hantsch immer so, wenn ich ihm einen seiner Schützlinge abnehme.«

Plötzlich kam mir ein Verdacht. »Hast du etwa Herrn Hantsch und deinen Freundinnen gesagt, du hättest die Tiere schon vermittelt?«, fragte ich sie.

Nun kam zu Amandas verlegenem Blick auch noch eine sehr gesunde Gesichtsfarbe hinzu. »Ja, wenn du mich so direkt fragst. Darum wollte ich euch bitten, ob ihr die Tiere vielleicht hier behalten könnt, bis unsere Séance vorbei ist.«

»Amanda! Amanda!«, rief ich betont streng. »Ich wusste gar nicht, dass du so gut lügen kannst!«

»Nur eine Notlüge! Außerdem finde ich bestimmt bald jemanden für sie«, sagte sie schnell, stellte die beiden Käfige auf den Boden, drückte mir das Kätzchen in den Arm und war wieder verschwunden.

»Das ist ja ein richtiger Konkurrenzkampf zwischen den vieren«, meinte Blümchen.

»Und ich glaube, ich weiß auch den Grund«, sagte ich. »Herr Hantsch!«

Plötzlich raschelte etwas unter uns. Mit einem Satz sprangen Blümchen und ich aus dem Bett. Wir bückten uns und sahen vorsichtig darunter.

»Amandas Meerschweinchen!«, rief Blümchen. »Ich werde noch verrückt, wenn das so weitergeht! Hoffentlich findet Amanda bald ein paar Paten für ihre Tiere.«

»Glaubst du echt daran?«, fragte ich sie.

Blümchen sah mich an. Dann schüttelte sie den Kopf.

Wir hatten mit Amanda schon die tollsten Abenteuer erlebt und sie hatte dabei die unglaublichsten Dinge fertig gebracht. Aber Menschen für Herrn Hantschs Tiere zu besorgen schien sie nicht hinzukriegen.

»Dann müssen wir ihr halt helfen.«

»Und wie?«

Das war eine gute Frage. Eine Stunde später, nachdem Amanda die Tiere wieder zurückgeholt hatte, löschten wir das Licht und legten uns schlafen. Und wir hatten einen Plan.

Am nächsten Nachmittag hatte Blümchen Training. Als wir aus dem Boxclub kamen, trafen wir wieder eines von Amandas Tieren. Aber das kannten wir nur zu gut: Sister X. Sie stand vor der Tür und sah uns durch ihre Sonnenbrille an, als wartete sie darauf, dass wir ihr die Tür öffneten.

»Was machst du denn hier, Sister X?«, fragte Blümchen. »Hat Amanda dich ausgesperrt?«

»Vielleicht ist sie ja nur vor Amandas anderen Schützlingen geflohen.«

»Das könnte ich ihr nicht verdenken«, seufzte Blümchen. »Heute Morgen habe ich versucht das Meerschweinchen einzufangen, das sich unter meinem Bett versteckt hatte.«

Wir hatten gerade die Haustür aufgeschlossen, da hörten wir auch schon lautes Kläffen.

»Das kommt aus Amandas Wohnung«, sagte Blümchen.

Was der Grund für den Lärm war, brauchten wir Amanda nicht mehr zu fragen. Wir waren noch nicht an Amandas Wohnungstür angelangt, da schoss etwas kleines Weißes an uns vorbei. Es war die kleine Katze, die immer wieder vergeblich versuchte Penelope zu wecken. Dicht hinter ihr raste ein Dackel, den Amanda wohl ebenfalls aus Herrn Hantschs Tierschule mitgenommen hatte, die Treppe hinunter. Er hatte einen von Amandas Filzpantoffeln im Maul. Von dem war allerdings nicht mehr viel übrig. Und schließlich erschien Amanda mit rotem Gesicht auf dem Treppenabsatz.

»So ein Racker!«, keuchte sie. »Erst zerkaut er mir meine schönen Pantoffeln und nun jagt er noch das süße Kätzchen!«

Dann fiel ihr Blick auf Sister X. »Meine Gute! Da bist du ja! Ich habe mir schon Sorgen um dich gemacht!«

»Hast du sie vermisst?«, fragte ich Amanda.

»Allerdings. Sie war heute Morgen plötzlich nicht mehr da.«

»Vielleicht hat es ja mit deinen Schützlingen zu tun?«, fragte ich vorsichtig.

»Willst du die Tiere nicht lieber wieder zu Herrn Hantsch zurückbringen?«, setzte Blümchen noch eins drauf.

»Nein, das will ich nicht!«, rief Amanda. »Ich finde schon jemanden für sie. Und mit dem kleinen Ausflug von Sister X hat das nichts zu tun.«

»Wenn sie sich da mal nicht irrt«, flüsterte Blümchen mir zu.

»Bestimmt«, flüsterte ich zurück.

Wir folgten Amanda in ihre Wohnung.

In der Bibliothek ließ sie sich in einem bequemen Sessel nieder und streckte die Beine von sich. »Dieser Dackel ist schon sehr anstrengend«, schnaufte sie.

Blümchen und ich sahen uns nur an.

»Da lobe ich mir doch Sister X«, sagte Amanda und beobachtete ihr Schaf, wie es durch die geöffnete Terrassentür nach draußen ging.

Obwohl Amanda im Dachgeschoss wohnte, breitete sich dort eine große Wiese aus. Die hatte sie auf dem Dach des Nachbargebäudes für Sister X angelegt. Wie sie das geschafft hatte, wussten wir nicht. Das war eines von Amandas Geheimnissen. In einer Ecke dieser Wiese stand ein kleiner Stall für Sister X. Vor den hatte sich Sister X nun gestellt und sah verträumt in den Himmel.

»Ist das nicht ein zaubergalaktisches Bild?«, fragte Amanda und nippte an einem Mandellikör, den sie sich gerade eingeschenkt hatte.

Blümchen und ich holten uns eine Cola aus Amandas Küche und setzten uns zu ihr in die Bibliothek. Wir sagten nichts, sondern beobachteten nur Sister X. Es kam mir vor, als würde sie auf etwas warten.

»Ich würde gern wissen, was in Sister X vorgeht«, sagte ich mehr zu mir selbst.

»Das weiß nur sie«, meinte Amanda und trank den Rest ihres Mandellikörs. »Nur manchmal lässt sie mich an ihren Geheimnissen teilhaben.«

In dem Augenblick läutete es an der Tür.

Amanda sah auf die Uhr. »Wer mag das sein?«

»Soll ich öffnen?«, fragte ich. »Dann wissen wir es.«

»Das wäre nett, Ricki. Ich bin ein wenig müde.«

»Warte, ich komme mit!«, rief Blümchen.

»Hoffentlich wird Amanda bald vernünftig«, flüsterte Blümchen mir auf dem Weg zur Wohnungstür zu. »Sonst steht eines Tages noch ein Elefant in der Wohnung.«

Als wir die Tür öffneten, lachten wir immer noch. Das Lachen blieb uns aber gleich im Hals stecken.

»Frau Goldmann!«, rief ich. »Was machen Sie denn hier?«

»Das werdet ihr gleich erfahren. Ist diese Frau mit dem Schaf da?«

»Amanda? Die ist in der Bibliothek. Wir bringen Sie zu ihr.«

»Ich bitte darum«, sagte Erics Mama.

Ich hatte gleich das Gefühl, dass etwas passiert war und dass es mit Eric zu tun hatte. Ich sah fragend zu Blümchen, während wir Frau Goldmann in die Bibliothek führten. Doch meine Freundin zuckte auch nur mit den Schultern.

»Ich will gleich zur Sache kommen«, sagte Erics Mama, nachdem sie sich gesetzt und Amandas Mandellikör abgelehnt hatte. »Es geht um Eric. Er ist verschwunden.«

»Verschwunden?«, riefen Blümchen und ich wie aus einem Mund.

»Genauer gesagt, er ist entführt worden.«

»Entführt?«, riefen Blümchen und ich wieder.

»Ihr Schaf hat ihn entführt.«

»Sister X?«, riefen Blümchen und ich zum dritten Mal gleichzeitig.

Frau Goldmann sah uns streng an. »Müsst ihr immer alles wiederholen, was ich sage?«

»Bitte beruhigen Sie sich«, schaltete Amanda sich ein. »Ich verstehe ja, dass Sie aufgebracht sind, weil Ihr Sohn verschwunden ist. Aber wie kommen Sie darauf, dass Sister X schuld daran sein soll?«

Frau Goldmann holte tief Luft. »Es hat ihn geholt. Heute Morgen ist es gekommen und stand vor unserer Tür. Als ich Eric darauf aufmerksam machte, ging er mit Fridolin hinaus und kam nicht mehr zurück. Als ich nach ihnen sehen wollte, waren sie verschwunden und mit ihnen das Schaf.«

»Aber sie können doch auch freiwillig mit ihm mitgegangen sein«, sagte ich. »Oder sie sind gar nicht mit Sister X weggegangen. Sie ist ja längst wieder hier.«

»Da steht sie«, sagte auch Blümchen und zeigte auf die Dachwiese, auf der Sister X immer noch verträumt in die Wolken sah.

Frau Goldmann sprang auf. »Wo ist Eric? Wo haben Sie ihn versteckt?«

»Frau Goldmann! Beruhigen Sie sich!«, rief Amanda und stand auch auf. »Warten Sie bitte hier. Ich versuche herauszufinden, was passiert ist.«

Ohne die Antwort von Erics Mama abzuwarten, ging

Amanda zu Sister X und setzte sich auf die Wiese neben sie. Leider hatten uns beide den Rücken zugekehrt. Wir konnten also nicht sehen, ob Amanda mit Sister X sprach, oder was sie sonst taten. Das war wieder eines der kleinen Geheimnisse zwischen den beiden.

Selbst Frau Goldmann schien zu spüren, dass sich auf der Wiese etwas Ungewöhnliches abspielte. Jedenfalls blieb sie sitzen und sagte nichts mehr, bis Amanda wieder hereinkam.

Ich war froh, dass sie lächelte. »Wollen Sie nicht doch einen Tee trinken?«, fragte sie Frau Goldmann. »Ich denke, dafür haben wir noch Zeit.«

»Und was ist mit Eric?«

Amanda lächelte ein wenig sanfter. »Seien Sie beruhigt. Eric ist nichts geschehen. Sie werden ihn auch sehr bald wieder sehen.«

»Sehr bald? Was heißt das? Wo ist er?«

»Sister X wird es uns zeigen, wenn es so weit ist«, sagte Amanda nur.

»Sie meinen das Schaf?«, rief Frau Goldmann. »Aber das ist doch völlig ...«

Amanda beugte sich zu Erics Mama vor, die im gleichen Augenblick still war. »Beruhigen Sie sich und vertrauen Sie mir. Machen Sie sich keine Sorgen. Bald werden wir mehr wissen.«

Frau Goldmann sank in ihren Sessel zurück. »Meinetwegen. Was bleibt mir auch anderes übrig. Allmählich fürchte ich, ich werde verrückt.«

Frau Goldmann kannte Amanda noch nicht so gut

wie wir. Sonst hätte sie gewusst, dass sie ihr tatsächlich vertrauen konnte, auch wenn sie in Rätseln sprach. So ist sie halt, unsere Amanda.

Frau Goldmann hatte gerade einen Schluck aus ihrer Teetasse getrunken, da stand Sister X plötzlich in der Terrassentür und sah zu Amanda.

»Ist es schon so weit, meine Gute? Damit habe ich nicht gerechnet. Nun können wir unseren Tee doch nicht austrinken. Kommen Sie mit, Frau Goldmann. Wir fahren zu Eric.«

Erics Mama sprang auf. »Jetzt? Wo ist er denn?«

»Das weiß ich nicht«, antwortete Amanda. »Sister X wird uns hinführen.«

Frau Goldmann wunderte sich wohl mittlerweile über gar nichts mehr. Jedenfalls sagte sie nichts, sondern lief Amanda und Sister X hinterher. Nur ab und zu schüttelte sie den Kopf.

Amanda, Sister X, Blümchen und ich fuhren mit Bubi, Frau Goldmann folgte uns in ihrem Auto.

Zunächst fragte ich mich, wie Amanda wissen konnte, wohin sie fahren musste. Aber dann bemerkte ich, dass Sister X ab und zu ganz leicht den Kopf bewegte. Zeigte sie Amanda so den Weg? Vielleicht konnte Amanda aber auch die Gedanken von Sister X lesen. Schließlich behauptete sie ja immer so etwas zu können. Aber letztendlich war das auch egal. Ich wollte nur noch wissen, was uns an unserem Ziel erwartete.

Sister X führte uns aus der Stadt. Mittlerweile war es dunkel geworden. Da es keine Straßenbeleuchtung mehr gab und auch nur noch wenige Häuser, konnten wir nur ahnen, wo wir waren. Trotzdem kam mir der Weg irgendwie bekannt vor.

Blümchen schien es ähnlich zu gehen.

»Ich habe das Gefühl, hier war ich schon mal!«, rief sie mir während der Fahrt zu.

Wegen des Lärms, den Bubi veranstaltete, nickte ich nur, um ihr zu zeigen, dass es mir genauso ging.

Plötzlich bremste Amanda ohne ersichtlichen Grund. Aber wahrscheinlich hatte Sister X ihr irgendwie zu verstehen gegeben, dass wir am Ziel waren. Zumindest dachte ich das. Amanda belehrte mich schnell eines Besseren.

»Wir müssen zu Fuß weiter!«, rief sie Erics Mama zu.

»Wollen Sie damit sagen, dass Eric hier mitten im Wald ist?«, rief Frau Goldmann. »Meine Güte! Hoffentlich ist ihm nichts passiert.«

»Keine Angst«, beruhigte Amanda sie. »Eric geht es gut. Das spüre ich jetzt ganz genau.«

Sister X sprang aus dem Seitenwagen, lief zum Waldrand, blieb stehen und sah zu uns herüber. Ein weißes Schaf mit Sonnenbrille vor dem tiefschwarzen Wald. Das war schon fast ein bisschen unheimlich.

»Worauf habe ich mich nur eingelassen!«, jammerte Frau Goldmann.

»Was hat Sister X denn?«, fragte ich Amanda.

»Sieht aus, als wollte sie uns etwas zeigen«, meinte Amanda. »Ich denke, wir sollten ihr folgen.«

»Aber warum?«, fragte Sibylle Goldmann.

»Folgen wir ihr«, antwortete Amanda. »Dann werden wir es erfahren.«

Sister X führte uns immer weiter in den Wald hinein. Ich hatte keine Ahnung, wo wir waren. Es war stockdunkel und ein paarmal wäre ich fast vor einen Baum gelaufen. Eigentlich hätte ich Angst haben müssen, aber mit Amanda und Sister X fühle ich mich immer sicher, egal, wo ich bin.

Dann sahen wir plötzlich einen Lichtschein.

»Das sieht wie eine Taschenlampe aus«, flüsterte Blümchen.

»Eric?«, fragte Frau Goldmann vorsichtig. Sie hatte mittlerweile wohl auch begriffen, dass Sister X ein ganz besonderes Schaf war.

Wir schlichen auf das Licht zu. Als wir näher kamen, dachte ich, ich könnte nicht glauben, wo wir waren.

✶ 10 ✶

»Das ist doch der Unterstand, wo wir die beiden Pferde gefunden haben«, flüsterte Blümchen.

In unserem letzten Fall hatten wir nach zwei verschwunden Pferden gesucht. Und genau hier, an diesem Unterstand, hatten wir sie gefunden. Aber das war noch nicht alles. Papa hatte gemeint, das Ganze hätte etwas mit Mama zu tun, denn der Unterstand war so gebaut, wie er es bisher nur von ihr gesehen hatte.

Seitdem Blümchen und ich wussten, dass Mama und ihr Papa genau zum gleichen Zeitpunkt und am gleichen Ort verschwunden waren, glaubten wir nicht mehr an Zufälle. Und nun hatte uns Sister X genau hierher geführt. Das war sicher auch kein Zufall. Vor allem, als wir sahen, dass Eric tatsächlich dort war.

»Wenn ich es nicht mit eigenen Augen sehen würde«, hörte ich Blümchen neben mir murmeln.

»Dieses Schaf ist unglaublich«, sagte auch Frau Goldmann.

»Außerirdisch«, meinte Amanda nur. »Und zaubergalaktisch!«

Als Eric uns entdeckte, ließ er vor Schreck seine Taschenlampe fallen. »Um Gottes willen! Habt ihr mich erschreckt! Was wollt ihr hier?«

Frau Goldmann stürmte mit ausgestreckten Armen, so wie wir es schon einmal gesehen hatten, auf ihren Sohn zu.

»Eric! Ich habe mir solche Sorgen gemacht!«

Im gleichen Augenblick liefen Sister X und Fridolin aufeinander zu, begrüßten sich und standen bald wieder eng aneinander gekuschelt neben Eric.

Der versuchte sich aus der Umklammerung seiner Mutter zu befreien. »Ach, Mama! Kannst du mich nicht einfach mal in Ruhe lassen?«

Frau Goldmann wich einen Schritt zurück. »In Ruhe lassen? Was redest du da? Soll ich mir etwa keine Sorgen machen, wenn du entführt wirst?«

»Entführt?«, rief Eric. »Wie kommst du denn darauf? Ich bin freiwillig hier!«

»Aber das Schaf!«

»Ja, das Schaf«, wiederholte Eric und sah Sister X lange an. »Das war echt seltsam.«

»Seltsam?«, fragte Amanda. »Wie meinst du das? Bitte erzähle uns genau, was passiert ist. Das interessiert uns nämlich brennend!«

Eric setzte sich auf den Waldboden, zog die Beine an und starrte auf seine Füße. »Ich war in den letzten Tagen total abgenervt«, begann er schließlich zu erzählen.

»Abgenervt?«, unterbrach seine Mutter ihn gleich. »Aber Eric! Wieso …«

»Nun lassen Sie ihn doch erzählen!«, ging Amanda dazwischen. Frau Goldmann war auch gleich still.

»Erst die Angst, dass ich das Halbfinale verlieren könnte, weil mir doch alle ständig erzählen, was für ein tolles Talent ich hätte, dann die Sache mit dem Aufputschmittel und Herr Hantsch, der mich beurlaubt hat. Und als wenn das noch nicht genug wäre, zanken sich mein Trainer und meine Mutter darum, ob ich zu diesem blöden Kuhlhardt gehe, den ich echt zum Kotzen finde!«

Frau Goldmann sah ihn fassungslos an. »Aber ich wollte doch nur dein Bestes und außerdem …«

Eric sprang auf. »Und ich? Was ist mit mir? Wer fragt mich, was ich will?«, rief er. Dann seufzte er und setzte sich wieder hin. »Auf jeden Fall stand da heute Morgen plötzlich dieses Schaf. Als Fridolin es begrüßt hatte, sah das Schaf mich durch seine Sonnenbrille an. Es war total irre. Plötzlich wusste ich, dass ich wegmusste, um nachzudenken. Und ich wusste auch, fragt mich nicht warum, dass ich Sister X und Fridolin folgen musste. Sie haben nichts getan oder gesagt oder so. Sie sind einfach nur vor mir hergelaufen, bis hierher. Dann ist Sister X wieder verschwunden. Fridolin ist geblieben – und ich auch.«

»Und du hast nachgedacht?«, fragte Amanda.

Eric nickte. »War gar nicht so schwer. Plötzlich wusste ich genau, was ich wollte.«

»Und was willst du, mein Junge?«, fragte Frau Goldmann.

»Ich will mit dem Boxen aufhören.«

»Was willst du? Das kannst du nicht machen! Denk doch an dein Talent!«

»Siehst du, Mama, das meine ich. Sobald ich sage, dass ich etwas anderes will, fängst du mit meinem Talent und mit dem blöden Geld an!«

»Dass Geld nicht blöd ist, wirst du auch noch lernen, Eric«, erwiderte seine Mama. »Herr Kuhlhardt hat auch gesagt …«

»Sie sollten sich wirklich überlegen, ob Herr Kuhlhardt das Richtige für Eric ist«, unterbrach Amanda sie. »Kennen Sie Heini Knautschke?«

Sibylle nickte. »Den habe ich schon ein paarmal in Erics Boxclub gesehen. Ein armer Mensch.«

»Eben«, sagte Amanda. »Und Kuhlhardt hat ihn dazu gemacht. Er hat ihn aus Geldgier gegen immer stärkere Boxer antreten lassen, bis er gesundheitlich am Ende war. Das wollen Sie Eric doch wohl nicht antun?«

Plötzlich schien Sibylle ein wenig kleiner zu werden. »Ist das wirklich wahr?«

Auf diese Frage mussten wir ihr nicht mehr antworten.

»Verstehst du denn immer noch nicht, Mama?«, rief Eric. »Ich will nicht zu diesem Kuhlhardt! Ich will nicht! Ich will nicht!«

Blümchen stieß mich an. Ja, so gefiel uns unser Goldi!

»Aber was willst du denn dann?«, fragte Frau Goldmann schon fast verzweifelt.

»Das wüsstest du längst, wenn du mir nur ein Mal zuhören würdest, Mama. Ich will zu meinen Tieren. Ich will so werden wie Papa. Und wenn ich weiterboxe, dann nur noch als Hobby. Kein Profivertrag! Ich will Tierpfleger werden!«

Sibylle Goldmann sah ihren Sohn mit großen Augen an. Allmählich schien selbst sie zu begreifen, dass Eric etwas anderes wollte, als sie sich augenscheinlich gewünscht hatte.

»Tut mir Leid«, sagte sie langsam. »Ich dachte, es wäre das Beste für dich. Ich weiß ja, was man als Tierpfleger verdient. Ich wollte, dass du einmal keine finanziellen Sorgen hast.«

»Warum hast du mir das nie gesagt, Mama?«, rief Eric. »Wenn du willst, dann ...«

»Nein!«, unterbrach Sibylle ihn. »Ich habe heute begriffen, dass es ein Fehler war, dich dazu zu überreden, ja fast zu zwingen. Du musst selbst entscheiden. Ich denke, du bist alt genug, um dir über die Konsequenzen klar zu sein.«

»Das bin ich, Mama. Ganz bestimmt!«

»Also gut«, seufzte sie. »Dann lasst uns gehen. Ich möchte nicht mehr hier bleiben. Das muss ich erst einmal alles verdauen.«

Ich hatte gedacht, dass wir alle Überraschungen und Aufregungen dieses Tages hinter uns hatten. Dass das ein Irrtum war, merkte ich, als wir mit Bubi in unsere Straße einbogen.

»Da steht ja ein Polizeiauto vor unserem Haus!«, rief

Blümchen mir durch den Lärm zu. »Hoffentlich ist nichts passiert!«

»Vielleicht hat das ja gar nichts mit uns zu tun!«, brüllte ich zurück.

Kaum hatte Amanda angehalten, da sprangen Blümchen und ich von Bubi und liefen auf unseren Hauseingang zu. Dabei hätten wir beinahe Kommissar Pauer umgerannt, der genau in dem Augenblick aus dem Haus kam. Ihm folgten zwei uniformierte Polizisten. Und zwischen ihnen Opa Schraube!

»Opa!«, rief Blümchen. »Was ist los? Was wollen die von dir?«

»Mach dir keine Sorgen, Blümchen«, murmelte er, obwohl sein Gesicht etwas anderes sagte. »Das hat sich bald aufgeklärt. Halb so schlimm.«

»Ihr Optimismus in Ehren, mein Lieber«, sagte Kommissar Pauer. »Aber das sehe ich etwas anders.«

»Ist mir doch egal!«, zischte Opa Schraube.

Zum Glück kam Papa gerade vom Arbeiten zurück. »Was ist denn hier los, Herr Pauer?«, rief er noch im Laufen.

»Eine Festnahme, Herr Kollege. Das sehen Sie doch!«

»Natürlich sehe ich das!«, fuhr Papa seinen Lieblingsfeind an. »Aber was ist der Grund? Und warum weiß ich nichts davon?«

»Festnahme?«, rief Blümchen mit hochrotem Kopf. »Wollen Sie Opa etwa verhaften?«

Kommissar Pauer hob die Schultern. »Sieht ganz so aus, mein Kind!«

»Das dürfen Sie nicht!«, schrie sie Papas Kollegen an. »Sie – Sie gemeiner –«

Zum Glück hielt Amanda Blümchen fest, sonst hätte sie Kommissar Pauer womöglich einen Haken verpasst, obwohl sie ihr Boxtalent außerhalb des Rings sonst nie anwendet.

»Regt euch nicht auf«, versuchte Opa Schraube uns zu beruhigen. »Das klärt sich alles bald auf.«

»Nehmen Sie das nicht auf die leichte Schulter«, erwiderte Kommissar Pauer. »Verstöße gegen das Betäubungsmittelgesetz und Körperverletzung sind keine Kleinigkeit.«

Inzwischen war auch Frau Goldmann mit Eric und Fridolin eingetroffen.

»Was ist denn hier los?«, fragte Frau Goldmann.

»Das wüsste ich auch gerne!«, rief Papa. »Nun sagen Sie doch endlich, was Sache ist!«

»Also gut«, seufzte Herr Pauer. »Wir haben einen anonymen Hinweis bekommen, genauer gesagt, einen anonymen Brief. Darin wird behauptet, dass in dem Boxclub, den wir vor einigen Tagen schon einmal durchsucht haben, wieder das Aufputschmittel verwendet wird, das auch Eric Goldmann eingenommen hat. Da wir jeden Hinweis ernst nehmen, haben wir den Club noch einmal durchsucht.«

»Und?«, fragte Papa.

»Wir haben das Mittel tatsächlich gefunden. Also besteht der dringende Verdacht, dass der Trainer von Eric Goldmann ihm dieses Mittel gegeben hat.«

»Niemals!«, rief Eric. »Das hätte mein Trainer nie gemacht. Das müssen Sie mir glauben, Herr Kommissar!«

»Und wie ist es dann in deinen Körper gekommen?«, fragte Kommissar Pauer. »Hast du es doch freiwillig genommen – vielleicht auf Anraten deines Trainers?«

»Erzähl jetzt keinen Blödsinn!«, rief Opa Schraube, als Eric zögerte. »Danke für deine Hilfe, aber ich mach das schon!«

»Können Sie mir den Brief einmal zeigen?«, fragte Papa.

Kommissar Pauer schüttelte den Kopf. »Der ist im Präsidium. Meinen Sie, ich schleppe ein Beweisstück mit mir herum?«

»Gut, dann komme ich mit«, sagte Papa sofort. »Den Brief will ich sehen!«

Kommissar Pauer verzog den Mund. »Daran kann ich Sie nicht hindern.«

»Ich bin bald wieder da!«, rief Opa Schraube, als die Polizisten ihn in ihr Auto setzten. Zum Glück stieg Papa auch zu ihm ein. So mussten wir uns nicht ganz so viele Sorgen um den armen Opa Schraube machen.

Als Eric und seine Mutter nach Hause gefahren waren und Blümchen und ich in meinem Bett lagen, mussten wir eine Menge Tränen trocknen. Wir waren natürlich sicher, dass Opa Schraube nichts damit zu tun hatte, aber würden er oder wir das auch beweisen können?

»Weißt du, was mich wundert?«, fragte ich schließlich meine Freundin.

Blümchen schüttelte den Kopf, während sie sich die Nase schnäuzte.

»Amanda hat fast nichts zu Opa Schraubes Verhaftung gesagt.«

»Vielleicht war sie ja zu geschockt«, meinte Blümchen.

»Vielleicht«, sagte ich, obwohl ich das nicht so recht glauben konnte.

* 11 *

Am nächsten Morgen, als wir zum Frühstück in Amandas Küche kamen, wartete wieder eine Überraschung auf uns. Aber dieses Mal eine erfreuliche.

Am Frühstückstisch saßen, breit grinsend, Amanda, Gerda, Papa – und Opa Schraube!

Es dauerte eine Weile, bis meine Freundin kapiert hatte, was sie sah. Doch dann war sie nicht mehr zu halten.

»Opa!«, brüllte sie, stürzte sich auf ihn und drückte ihn an sich.

»Hör auf!«, rief Opa Schraube lachend und keuchend. »Du erwürgst mich ja, Blümchen!«

Das konnte ich mir bei Blümchens Muskeln gut vorstellen.

»Warum haben sie dich denn wieder laufen lassen?«, fragte ich, nachdem wir uns gesetzt hatten und Amanda schmunzelnd eine Kanne mit Kakao auf den Tisch stellte. »Konntest du beweisen, dass du unschuldig bist?«

»Das leider nicht«, seufzte Opa Schraube. »Eigentlich habe ich es deinem Papa zu verdanken, dass ich mit euch frühstücken kann. Er hat seine Kollegen davon überzeugt, dass die Beweise gegen mich nicht ausreichen, um mich dem Haftrichter vorzuführen.«

Ich zog Papa an mich heran und gab ihm einen dicken Kuss auf die Wange. Dann bekam auch Papa noch Blümchens Kraft zu spüren.

»Na ja«, meinte Papa und grinste verlegen. »Das war gar nicht so schwer. Pauer war mal wieder übereifrig. Das Aufputschmittel ist zwar im Club gefunden worden, aber das kann jeder dorthin gelegt haben. Es gibt keine Beweise dafür, dass es dein Opa war. Das hat Kriminalrat Beinlein zum Glück auch so gesehen. Pauer schäumte zwar vor Wut, aber er konnte nichts dagegen machen.«

Kriminalrat Beinlein ist der Chef von Papa und Kommissar Pauer. In ihm hatte Papa zum Glück schon öfter einen Verbündeten gegen Kommissar Pauer gehabt.

»Was ist denn mit diesem anonymen Brief, von dem Kommissar Pauer geredet hat?«, fragte Amanda.

»Den habe ich mir angesehen. Leider ist nicht viel damit anzufangen. Die Worte sind aus Buchstaben zusammengesetzt, die aus der Zeitung ausgeschnitten wurden. Auch Fingerabdrücke gibt es leider nicht. Wir vermuten, dass die Zeitung, aus der die Buchstaben ausgeschnitten wurden, schon älter war.«

»Woher wollt ihr das denn wissen?«, fragte ich.

»Unser Labor hat festgestellt, dass einige der Buchstaben stark verschmutzt sind. Was es genau ist, wissen wir noch nicht. Das Labor meint, sie hätten auch Farbe darauf gefunden. Den Bericht wollen sie uns heute schicken.«

»Was stand denn genau in dem Brief?«, fragte Amanda.

Papa zuckte mit den Schultern. »Nicht viel. Nur zwei Sätze: *Das Aufputschmittel wollen Sie finden? Suchen Sie im Boxclub!*«

»Ist das der genaue Wortlaut?«, fragte Amanda noch einmal.

»Ja. Das weiß ich genau. Ich habe ihn mir sicher zehnmal durchgelesen.«

»Interessant«, sagte Amanda mehr zu sich selbst. »Sehr interessant.«

»Was meinst du?«, fragte Blümchen. »Was ist interessant?«

»Dass Kommissar Pauer glaubt, dein Opa hätte diesen Brief verfasst. Dabei liegt es doch auf der Hand, dass er ihn nicht geschrieben hat.«

»Pauer denkt trotzdem immer noch, ich wäre der Bösewicht«, meinte Opa Schraube. »Der gibt keine Ruhe, bis er etwas gegen mich in der Hand hat.«

»So ist er leider«, seufzte Papa. »Wenn er sich einmal etwas in den Kopf gesetzt hat, ist er stur wie ein Panzer.«

»Da kenne ich noch jemanden«, meinte Amanda mit einem Seitenblick auf Opa Schraube.

»Was soll das denn schon wieder heißen?«, rief Opa Schraube und steckte sich einen kalten Zigarrenstummel in den Mund, damit er etwas zum Kreisen hatte.

»Nun hört auf euch zu zanken, Kinder«, ging Gerda dazwischen. »Wenn Herr Pauer von Vaters Schuld überzeugt ist, dann müssen wir halt beweisen, dass er unschuldig ist.«

»Genau so sehe ich das auch«, meldete sich endlich auch einmal Amanda zu Wort.

»Was denkst du eigentlich über die ganze Sache?«, fragte ich sie. »Du hast gestern Abend kaum etwas gesagt, als Opa Schraube verhaftet wurde.«

»Wahrscheinlich war sie froh mich loszuwerden«, brummte der.

»So schlimm ist es nicht!«, lachte Amanda. »Denn eigentlich mag ich ja alte Esel. Ich habe nichts gesagt, weil ich nachgedacht habe.«

»Und?«, fragte Opa Schraube schon viel versöhnlicher. »Was ist dabei herausgekommen?«

»Leider noch nicht viel«, seufzte Amanda. »Ich habe so meine Vermutungen, aber es passt alles noch nicht richtig zusammen. Allerdings bin ich sicher, dass ich heute Abend mehr weiß.«

»Schön wär's«, seufzte Gerda. »Noch einmal möchte ich meinen Vater nicht in Handschellen sehen.«

»Das werden Sie auch nicht«, sagte Amanda. »Ganz gewiss nicht.«

Kurz darauf musste Papa zum Dienst und Gerda wollte noch Rechnungen im Büro schreiben.

»Könnten Sie mir noch einen kleinen Gefallen tun, lieber Horst?«, fragte Amanda Papa, als der schon aufgestanden war.

»Sicher. Was denn?«

»Könnten Sie mich bitte anrufen, wenn Sie den Laborbericht bekommen?«

»Was wollen Sie denn wissen?«, fragte Papa zurück.

»Um welche Art von Verschmutzung es sich genau handelt. Am meisten interessiert mich die Farbe.«

Papa sah für einen Augenblick so aus, als wollte er Amanda fragen, warum sie das wissen wolle. Doch dann nickte er nur. »Wahrscheinlich liegt der Bericht schon auf meinem Schreibtisch, wenn ich ins Büro komme. Ich rufe Sie dann gleich an.«

»Schön!«, freute sich Amanda.

Opa Schraube stand auch auf. »Ich gehe in den Club. Die Jungs wissen ja noch nicht, was heute Nacht passiert ist. Sie sollen mal die Ohren aufhalten. Vielleicht finden sie etwas heraus, das uns helfen könnte.«

»Das ist eine gute Idee«, meinte Amanda.

Wir waren immer wieder erstaunt darüber, wie gut sich Opa Schraubes Freunde in »gewissen Kreisen« auskannten. Wir fragten sie nie, woher sie ihre Informationen hatten. Und das war wahrscheinlich auch besser so.

Kurz nachdem er gegangen war, steckte Opa Schraube noch einmal den Kopf herein. »Da piept etwas. Aus Ihrer Bibliothek piept es«, sagte er zu Amanda.

»Das ist nur das Meerschweinchen, das Sie nicht haben wollten. Wollen Sie es nicht vielleicht doch …«

»Nein! Will ich nicht!«, unterbrach Opa Schraube sie und war wieder verschwunden.

»Gehen wir zu mir oder zu dir?«, fragte Blümchen mich.

Opa Schraube war nicht mehr im Gefängnis und es war Samstag. Also konnten wir den Tag genießen.

»Bleibt bitte noch hier«, sagte Amanda.

»Das Frühstücksgeschirr! Stimmt!«, rief ich. »Wir helfen dir, Amanda.«

»Das ist lieb von euch. Aber das habe ich nicht gemeint. Ich möchte etwas Wichtiges mit euch besprechen. Allerdings möchte ich warten, bis Horst angerufen hat.«

»Glaubst du, diese Verschmutzung ist eine Spur?«, fragte Blümchen.

»Eher eine Bestätigung«, antwortete Amanda.

Während wir das Geschirr abwuschen, fragten Blümchen und ich Amanda noch ein paarmal, welche Bestätigung ihr die Verschmutzung des Briefes geben sollte. Es war sinnlos. Wir hätten auch die Teller und Tassen fragen können.

Blümchen und ich stellten gerade das saubere Geschirr wieder in den Schrank zurück, als das Telefon läutete.

»Horst ist aber schnell!«, rief Amanda und lief hinaus.

Wir stellten eilig den Rest des Geschirrs in den Schrank und liefen hinterher.

»Das dachte ich mir«, hörten wir Amanda noch sagen. »Und daran besteht kein Zweifel? – Ja, vielen Dank, Horst.«

»Was hat Papa denn gesagt?«, fragte ich, als Amanda aufgelegt hatte.

Es dauerte eine Weile, bis Amanda antwortete: »Lasst

uns zurück in die Küche gehen. Dort erzähle ich es euch.«

Wir setzten uns um den Küchentisch herum.

»Ich habe gelogen«, begann Amanda.

»Du?«, unterbrachen Blümchen und ich sie gleich wieder.

»Ja, ich. Dass ich bei Opa Schraubes Verhaftung nicht viel sagen konnte, habt ihr schon ganz richtig erkannt. Allerdings war nicht mein Nachdenken der Grund dafür, sondern meine Enttäuschung.«

»Von wem warst du denn enttäuscht?«, fragte Blümchen. »Von Opa? Oder von uns?«

»Nein, nein!«, lachte Amanda. »Ihr habt nichts damit zu tun. Nur hat sich das Puzzle gestern Abend plötzlich wie von selbst zusammengesetzt und mir ist ein Verdacht gekommen, wer Eric das Aufputschmittel in die Trinkflasche geschüttet haben könnte. Und dieser Verdacht hat sich heute Morgen bestätigt.«

»Wen hast du denn unter Verdacht?«, fragte ich. »Und warum bist du deshalb enttäuscht?«

Amanda ließ einen tiefen Seufzer hören. »Lasst uns gemeinsam überlegen. Vielleicht habe ich ja einen Fehler gemacht. Bei der ersten Durchsuchung des Boxclubs nach Erics Kampf wurde das Aufputschmittel nicht gefunden. Also war es auch nicht dort, denn ich glaube nicht, dass die Polizei es übersehen hat.«

»Das glaube ich auch nicht«, sagte ich. »In solchen Sachen ist Kommissar Pauer immer besonders gründlich. Jedenfalls sagt Papa das.«

Amanda nickte. »Das kann ich mir gut vorstellen. Also muss jemand das Mittel zwischen der ersten und der zweiten Durchsuchung dorthin gebracht haben. Das könnte natürlich jemand aus dem Boxclub gewesen sein. Wenn wir Opa Schraube ausschließen, bleiben nicht viele übrig, die etwas mit diesem Fall zu tun haben. Günter, Willi und Walter, zum Beispiel.«

»Niemals!«, rief Blümchen. »Das sind Opas beste Freunde!«

»Eben. Die scheiden also aus.«

»Vielleicht Heini?«, fragte ich, ohne es selbst zu glauben.

»Bestimmt nicht«, sagte Amanda. »Nach dem, was er selbst erlebt hat, würde er keinem Boxer etwas antun, das ihm schaden könnte. Außerdem erinnere ich mich daran, wie aufgebracht er war, als er von Erics angeblichem Doping erfuhr. – Tja, dann bleibt natürlich noch Eric selbst.«

»Glaubst du das wirklich?«, fragte ich.

»Ich hätte es zumindest nicht ausgeschlossen«, antwortete Amanda. »Aber nach unserem Erlebnis gestern Abend im Wald glaube ich nicht mehr an seine Schuld. Boxen ist ihm nicht wichtig genug, um eine solche Dummheit zu begehen. Für ihn sind die Tiere wichtiger – womit wir bei meinem Problem wären.«

»Was meinst du damit?«, fragte ich.

»Es bleibt nur noch ein Mensch übrig, der nach der ersten Durchsuchung im Boxclub war und auch Gelegenheit hatte, Eric das Aufputschmittel kurz vor dem

Kampf in die Trinkflasche zu schütten. Damit das Mittel wirkt, war es ja wichtig, dass Eric es kurz vor dem Kampf einnahm.«

»Wer soll denn das sein?«, fragte Blümchen.

»Denkt nach! Dann fällt es euch sicher selbst ein!«

Plötzlich wusste ich, wen Amanda meinte. »Herr Hantsch! Du meinst Herrn Hantsch! Der hat Eric begleitet, als er seine Sachen aus dem Club geholt hat!«

Wieder seufzte Amanda. »Du hast Recht, Ricki. Leider! Außerdem war Eric kurz vor dem Kampf bei Herrn Hantsch, weil er ihn, angeblich wegen des Futterplans für die Tiere, ins Tierheim bestellt hatte.«

»Und dieser Verdacht hat sich heute für dich bestätigt?«, fragte Blümchen.

»Der Brief! Darin stand *Das Aufputschmittel wollen Sie finden?* Würdet ihr diese Frage so stellen?«

»Nein«, sagte ich sofort. »Wollen Sie das Aufputschmittel finden?, würde ich fragen.«

»Eben«, sagte Amanda. »Aber in dem Brief ist die Frage auf die gleiche, etwas verdrehte Art formuliert, wie es sich Herr Hantsch wohl in England angewöhnt hat.«

»Darum bist du auch enttäuscht«, stellte Blümchen fest. »Weil du Herrn Hantsch so gut leiden kannst.«

»Wie wäre euch zumute, wenn es nicht Herr Hantsch, sondern euer Goldi gewesen wäre?«

Darauf sagten Blümchen und ich nichts, denn daran wollten wir lieber nicht denken.

»Wir wissen doch noch gar nicht sicher, ob er es wirklich war«, versuchte ich Amanda zu trösten. »Die Frage in dem Brief kann doch ein Zufall sein.«

»Das habe ich ja auch gedacht«, sagte Amanda. »Darum habe ich euren Papa gebeten, mir etwas über die Farbe auf dem Brief zu verraten.«

»Die hässliche Farbe aus Herrn Hantschs Büro!«, rief Blümchen.

»Genau. Horst hat mir gerade bestätigt, dass es sich, dem Laborbericht zufolge, um eine Wandfarbe handelt. Sie haben nicht viel davon gefunden, aber es reichte, um festzustellen, dass es sich um Orangerot handelt.« Amanda seufzte. Dann stand sie auf und lief in der Küche herum. »Ich verstehe nicht, dass ich mich in einem Menschen so täuschen konnte!«, rief sie.

»Oder es steckt noch etwas anderes dahinter«, meinte Blümchen. »Etwas, an das wir noch gar nicht gedacht haben.«

Mit einem Ruck blieb Amanda stehen und sah uns an. »Ihr habt Recht! Die Indizien sind zwar erdrückend, wie die Polizei es sagen würde, aber ich habe auch das sichere Gefühl, dass es noch nicht die ganze Wahrheit ist.«

»Wie sollen wir denn die Wahrheit herausfinden?«, fragte ich.

»Herr Hantsch wird sie uns verraten«, sagte Amanda bestimmt. »Wenn ich mich nicht völlig in ihm getäuscht habe, wird er sie uns verraten. Nur sollten wir nicht allein zu ihm gehen. Es gibt noch mehr Menschen, denen Herr Hantsch – na ja, sagen wir, nicht gleichgültig ist.«

Blümchen stieß mich heimlich mit dem Fuß an. Obwohl Amanda mir Leid tat, musste ich mir doch das Lachen verkneifen.

»Eleonore, Elsbeth und Hedwig?«, brachte ich einigermaßen ernst heraus.

»Kluges Kind«, sagte Amanda nur.

»Rufst du sie an und sagst es ihnen?«, fragte Blümchen.

»Nein, das möchte ich ihnen gern persönlich sagen. Lasst uns mit Eleonore beginnen.«

Wir hatten kaum an der Eingangstür zu Eleonores Schloss geläutet, da öffnete sie sich und ein riesiger Hund raste an uns vorbei. Vor Schreck wäre ich beinahe die Eingangstreppe hinuntergefallen.

Der Hund war angeleint. Am anderen Ende der Leine hing Charles, Eleonores Butler.

»Ah, Miss Amanda und die young ladies! How nice, Sie zu sehen!«, rief er und sprang in langen Schritten an uns vorbei. »Ich muss leider den dog spazieren führen. Die gnädige Mylady ist in der Bibliothek! See you later!« Damit war er zwischen den Bäumen des Schlossgartens verschwunden.

»Fragt sich, wer mit wem spazieren geht«, sagte ich.

»War das nicht die Dogge aus Herrn Hantschs Tierschule?«, fragte Blümchen. »Ich dachte, Eleonore hätte einen Paten für sie gefunden.«

»Das dachte ich auch«, sagte Amanda und lief durch die Eingangshalle auf die Bibliothek zu.

Als sie die Tür geöffnet hatte, konnte ich meinen Augen kaum trauen. Eleonore, Hedwig und Elsbeth saßen nebeneinander auf einem Sofa, jede ein Kaninchen auf ihrem Schoß. Zwischen den hohen Bücherregalen flatterten einige Vögel herum und auf dem Boden zankten sich Katzen um ein Wollknäuel.

Amanda blieb in der Tür stehen und stemmte die Fäuste in ihre Hüfte. »Ich dachte, du hättest Paten für diese Tiere gefunden, Eleonore?«

Amandas Freundin lächelte verlegen. »Das habe ich auch versucht, aber leider ist es nicht so einfach.«

»Und ihr?«, fragte Amanda die Zwillinge. »Habt ihr eure Tiere etwa auch noch zu Hause?«

»Allerdings!«, seufzte Hedwig. »Ich weiß schon nicht mehr, wohin mit ihnen!«

»Wir sind leider nicht so begabt wie du, liebe Amanda«, sagte Elsbeth.

Nun war ich gespannt, was Amanda sagen würde. Sie sagte nichts. Stattdessen begann sie laut zu lachen.

»Begabt?«, prustete sie. »Wisst ihr eigentlich, wie viele Tiere bei mir herumkrabbeln, -hüpfen und -fliegen? Wenn das so weitergeht, fange ich selbst noch an zu zwitschern!«

»Sollen wir es ihnen jetzt erzählen?«, fragte Blümchen mich, während sich die Freundinnen vor Lachen über ihre Schwindeleien ausschütteten.

»Ich glaube, wir wissen, wie wir Paten für die Tiere finden!«, rief ich.

Mit einem Schlag verstummte das Lachen.

»Wie denn das?«, fragte Amanda.

»Wir haben uns gedacht, dass es so nicht weitergehen kann«, erzählte Blümchen. »Darum haben wir in der Schule den Vorschlag gemacht, auf unserem Schulfest so eine Art Tierbasar einzurichten, bei dem wir versuchen wollen Paten für Herrn Hantschs Tiere zu finden.«

»Es gibt eine Menge Kinder an unserer Schule, die gern eine Weile auf ein Tier aufpassen würden«, ergänzte ich. »Unsere Lehrer fanden, es wäre eine gute Idee. Wir wollten euch damit überraschen.«

»Das ist euch gelungen«, sagte Amanda kopfschüttelnd.

»Eine hervorragende Idee!«, rief Hedwig.

»Nun müssen uns die Mädchen zeigen, wie man so etwas macht«, seufzte Eleonore.

Amanda strahlte uns an. »Habe ich nicht schon immer gesagt, dass die beiden ganz besondere Mädchen sind?«

»Dann müssen wir es Herrn Hantsch wohl beichten«, meinte Elsbeth.

»Hoffentlich ist er nicht zu enttäuscht von uns«, sagte Hedwig.

Eleonore seufzte. »In der Tat, meine Lieben!«

»Was ist los, Amanda?«, fragte Elsbeth. »Du machst ein so ernstes Gesicht. Auch wegen Herrn Hantsch?«

»Allerdings«, antwortete Amanda. »Nur ist der Grund nicht unsere kleine Schwindelei.«

»Sondern?«, fragte Eleonore.

Eleonore, Freifrau von Hoppenstedt schüttelte energisch den Kopf, als Amanda ihr und den Zwillingen von unserem Verdacht erzählt hatte.

»Ich traue Herrn Hantsch so etwas nicht zu. Beim besten Willen nicht, liebe Amanda!«

»Wir auch nicht!«, riefen Elsbeth und Hedwig.

»Das ist ja auch mein Problem«, seufzte Amanda. »Können wir uns so in einem Menschen getäuscht haben?«

»Niemals!«, riefen die Freundinnen wie aus einem Mund.

»Trotzdem spricht einiges gegen ihn«, erwiderte ich.

»Auf jeden Fall sollten wir zu ihm gehen und versuchen die Sache aufzuklären«, schlug Blümchen vor.

Amanda stand auf. »Die Mädchen haben Recht. Also lasst uns zu Herrn Hantsch gehen und ihn mit unserem Verdacht konfrontieren. Ich bin sicher, er wird uns die Wahrheit sagen.«

»In der Tat, meine Liebe!«, rief Eleonore. »Die ganze Wahrheit. Und nichts als die Wahrheit!«

* 12 *

Amanda, Sister X, Blümchen und ich fuhren mit Bubi. Amandas Freundinnen folgten uns in Eleonores Rolls-Royce, der wie immer von Charles gesteuert wurde. Der war sichtlich erleichtert gewesen, als Eleonore ihm verkündet hatte, dass er bald nicht mehr auf den großen »dog« aufpassen musste.

Wir fanden Herrn Hantsch in seinem Büro. Blümchen stieß mich an und zeigte mit dem Kopf auf die Farbe an den Wänden. Sie war nicht nur hässlich, sondern sie hatte Herrn Hantsch auch verraten.

Herr Hantsch stand gleich auf. »Meine Damen! Wie schön, dass Sie kommen!«, rief er und hielt eine Teetasse in die Höhe. »Nehmen Sie sich einen Stuhl. Ich glaube, Tee ist noch ein wenig in der Kanne! – Hallo, Sister X! Wie geht es dir?«

»Wir haben etwas Geschäftliches mit Ihnen zu besprechen, Herr Hantsch«, sagte Amanda.

»Geschäftlich?«, fragte der Schwarm von Amandas Geisterkränzchen. »Geht es um die Tiere? Haben Sie wieder Paten gefunden?«

Amanda schüttelte den Kopf. »Es ist leider eine ernste Angelegenheit, Herr Hantsch. Wir möchten den Grund wissen, warum Sie Eric das Aufputschmittel in seine Trinkflasche geschüttet haben, das gleiche Aufputschmittel, das Sie dann später im Boxclub versteckt haben, um Opa Schraube in Verdacht zu bringen.«

Ich habe Amanda schon oft bewundert, dass sie in solchen Situationen so cool bleiben kann. Ich hoffe, sie wird es mir eines Tages beibringen.

Herr Hantsch ließ sich auf seinen Bürostuhl fallen. »Was sagen Sie da? Was soll ich getan haben?«

»Amanda!«, rief Eleonore, die sich mittlerweile mit Tee versorgt hatte. »Hättest du das nicht ein wenig diplomatischer sagen können? Das ist doch Herr Hantsch! Unser Herr Hantsch!«

»Ich weiß. Aber es handelt sich hier um eine sehr ernste Angelegenheit. Da ist kein Platz für Diplomatie!«

»Auf dem anonymen Brief ist Farbe gefunden worden!«, rief ich. »Die gleiche Farbe, mit der Sie neulich Ihr Büro gestrichen haben.«

»Wahrscheinlich hat die Zeitung hier schon länger gelegen«, sagte Amanda. »Oder sie ist mit der frischen Farbe in Berührung gekommen.«

»Was soll das alles?«, rief Herr Hantsch. »Wenn Sie nur hergekommen sind, um mich mit solchen absurden Beschuldigungen zu belästigen, dann …«

»So wird das nichts«, unterbrach Amanda ihn seufzend und sah kurz zu Sister X. »Würdest du mir bitte helfen, meine Gute?«

Amandas Schaf ging auf Herrn Hantsch zu und legte ihm einen seiner Vorderhufe auf das Bein, so wie es manchmal Hunde mit ihrer Pfote machen.

»Was, was soll das?«, stotterte Herr Hantsch und starrte in die Sonnenbrille von Sister X.

»Ich frage Sie nun noch einmal, warum Sie das Aufputschmittel in Erics Trinkflasche geschüttet haben«, sagte Amanda leise.

»Aber ich habe doch nicht – ich wollte doch – woher wissen – dazu gezwungen hat er mich, der Dreckskerl!«, schrie Herr Hantsch plötzlich.

Sister X drehte sich wieder um und stellte sich neben Amanda, während Eleonore das Teetässchen aus der Hand fiel und klirrend auf dem Boden landete.

»Herr Hantsch! Lieber Herr Hantsch! Hatte Amanda mit ihrem Verdacht etwa Recht?«

Herr Hantsch nickte nur, ohne einen von uns anzusehen.

»Und das Aufputschmittel, das im Boxclub gefunden wurde?«, fragte Blümchen. »Waren Sie das auch?«

Wieder nickte Herr Hantsch.

»Aber warum haben Sie das gemacht?«, rief ich.

Herr Hantsch sah mir in die Augen. Dann stand er auf. »Kommt mit«, sagte er dann. »Ich werde es euch zeigen.«

»Was wollen Sie uns zeigen, lieber Herr Hantsch?«, fragte Eleonore fast verzweifelt.

Die vier Freundinnen konnten einem Leid tun. Für sie war wohl eine Welt zusammengebrochen.

Original English teacakes

Herr Hantsch antwortete nicht, sondern ging an ihnen vorbei aus dem Büro. »Kommt mit«, sagte er dann noch einmal.

Wir folgten Herrn Hantsch zu den Hundezwingern. Vor den beiden Windhunden, die wir schon bei unserem ersten Besuch gesehen hatten, blieb Herr Hantsch stehen.

»Um die geht es«, sagte er und zeigte auf die Hunde, die sich beim Anblick von Sister X wieder auf den Rücken gelegt und die Pfoten in die Luft gereckt hatten.

»Das sind doch die beiden Windhunde, die Sie uns schon bei unserem ersten Besuch gezeigt haben«, sagte Eleonore.

Herr Hantsch schüttelte den Kopf. »Es sind zwar auch Windhunde, aber andere. Sie haben nur eines gemeinsam: Sie gehören Herrn Kuhlhardt.«

»Also doch!«, rief Blümchen.

Herr Hantsch fuhr herum. »Also doch? Was meinst du damit?«

»Wir haben schon immer gewusst, dass Herr Kuhlhardt etwas damit zu tun hat«, sagte ich.

»Zumindest haben wir es gehofft«, sagte Amanda.

Herr Hantsch ging neben einem der Hunde in die Hocke und streichelte ihn. »Ich habe eine Dummheit gemacht. Eine Riesendummheit. Es war in England. Da sind Hunderennen sehr beliebt – und auch das Wetten. Dort habe ich ab und zu auf einer Hunderennbahn ausgeholfen. Ich habe mich vom Wettfieber anstecken lassen. Leider mit wenig Erfolg, nicht wahr. Ich habe damals für eine Firma gearbeitet, die Arzneimittel verkauft hat. Eines Tages kam dieses neue Mittel auf den Markt.«

»Das Aufputschmittel?«, fragte Amanda.

Herr Hantsch nickte. »Alle haben gesagt, es sei ungefährlich, aber sehr wirksam. Und dann habe ich diese Idee gehabt, für die ich mich heute noch schäme.«

»Ich kann es mir schon fast denken. Sie haben das Mittel an den Hunden ausprobiert.«

Herr Hantsch seufzte und streichelte wieder den Hund.

»Das darf doch nicht wahr sein!«, rief Blümchen.

»Alle haben gedacht, es sei ungefährlich«, sagte Herr Hantsch, ohne den Blick von dem Hund zu nehmen. »Erst später kam heraus, dass es doch nicht so ungefährlich ist. – Aber da war es schon zu spät.«

»Zu spät?«, fragte Amanda. »Was meinen Sie damit?«

»Ich hatte es schon einige Male Außenseitern gegeben, die hohe Wettquoten gebracht haben. Ich musste doch meine Wettschulden bezahlen!«

»Ungeheuerlich!«, rief Eleonore.

»Ich weiß«, sagte Herr Hantsch nur.

»Und was hat nun Herr Kuhlhardt mit der ganzen Sache zu tun?«, fragte ich.

Herr Hantsch sprang auf. »Dieser Gangster! Dieser Verbrecher! Er hat mich – erpresst!«

»Er wusste also von Ihren *Experimenten?*«, fragte Amanda.

»Ja. Ausgerechnet an dem Tag, als ich meine ganzen

Wettschulden bezahlt hatte, bin ich ihm begegnet. Ich hatte mir fest vorgenommen, nie mehr zu wetten und nie mehr dieses Mittel einzusetzen. In einem Pub, ganz in der Nähe der Hunderennbahn, traf ich Kuhlhardt. Da er auch Deutscher war, kamen wir ins Gespräch. Ich erfuhr, dass er in Deutschland eine Hunderennbahn eröffnen wollte. Dann machte er mir den Vorschlag, für ihn zu arbeiten.«

»Und dann?«, fragte Blümchen, als Herr Hantsch nicht weitersprach.

Der zuckte mit den Schultern. »Ich weiß es nicht mehr so genau. Ich muss an dem Abend wohl zu viel getrunken haben, vor Freude über meine beglichenen Wettschulden, nicht wahr? Wahrscheinlich habe ich ihm davon erzählt. Auf jeden Fall kam er am nächsten Tag und machte mir den Vorschlag, das Mittel auch auf seiner Bahn einzusetzen. Ich wollte nicht und das habe ich ihm auch gesagt. Aber das hat er nicht akzeptiert.«

»Und dann hat er Sie mit seinem Wissen über Ihre Experimente mit den Rennhunden erpresst.«

Herr Hantsch nickte. »Ja, so war es. Das Aufputschmittel war inzwischen verboten, aber ich hatte mir einen großen Vorrat davon angeschafft. Das wusste Kuhlhardt. Ich Idiot habe es ihm wohl erzählt, als ich betrunken war. So bin ich hier gelandet. Und immer, wenn ein viel versprechender Außenseiter am Start ist, muss ich ihm das Mittel geben.«

»Das ist ja nicht zu fassen!«, rief Elsbeth. »Dabei haben Sie mitgemacht?«

»Was sollte ich denn tun?«, rief Herr Hantsch. Er sah aus, als wäre er kurz davor, in Tränen auszubrechen. »Kuhlhardt hat mich in der Hand!«

»Und Eric?«, fragte Blümchen. »Was hat Eric damit zu tun?«

»Das war schlimmer als alles andere«, seufzte Herr Hantsch. »Der arme Junge! Er hat Kuhlhardt kennen gelernt, als ich ihn einmal zur Hunderennbahn mitgenommen habe. Kuhlhardt hat ihn sofort erkannt.«

»Er kannte Eric schon?«, fragte Blümchen.

»Er hat ihn wohl vorher schon ein paarmal boxen sehen. Und wollte ihn unter Vertrag nehmen. Er hat Eric auch danach gefragt, als er mit mir bei ihm war, aber Eric hat abgelehnt. Er wollte bei seinem alten Trainer bleiben.«

»Opa Schraube«, stellte ich fest.

»Ja, um den ging es wohl. Und da hatte Kuhlhardt diese Idee. Ich weiß noch, wie er gelacht hat. Zwei Fliegen mit einer Klappe würden wir schlagen, hat er gesagt. Er würde Eric als Boxer unter Vertrag nehmen und er würde dafür sorgen, dass dieser Schraube nie wieder einen Boxer trainieren dürfe. Da scheint noch eine alte Rechnung offen zu sein.«

»Das kann man wohl laut sagen«, meinte Amanda.

»Darum musste ich am Tag des Boxkampfs Eric hierher bestellen und ihm das Mittel in die Flasche füllen«, erzählte Herr Hantsch weiter. »Glauben Sie mir! Ich habe seitdem kaum noch eine Nacht schlafen können!«

»Hoffentlich!«, rief Hedwig. »Das ist ja auch das Mindeste!«

»Aber warum haben Sie dann noch einmal das Mittel im Boxclub versteckt?«, fragte Blümchen. »Ihr Plan hatte doch geklappt! Eric wollte den Vertrag bei Kuhlhardt unterschreiben.«

»Das war Kuhlhardt nicht genug. Er wollte unbedingt deinen Opa außer Gefecht setzen. Das hatte er von Anfang an geplant. Er hat immer von einer alten Rechnung gesprochen. Es ging wohl darum, dass dein Opa ihn wegen irgendwelcher illegalen Wetten angezeigt hat und er eine hohe Strafe dafür zahlen musste.«

»Das ist die Geschichte, die uns Walter erzählt hat«, meinte Amanda. »Herr Kuhlhardt ist wohl sehr nachtragend.«

»Allerdings«, seufzte Herr Hantsch. »Jedenfalls musste ich diesen Brief an die Polizei schreiben und das Mittel im Boxclub verstecken, als Eric seine Sachen abgeholt hat. Eigentlich sollte die Polizei es bei den Sachen von Schraube finden, aber das ging nicht. Das wäre zu auffällig gewesen. Also habe ich es irgendwo hingelegt. Kuhlhardt war ganz schön wütend.«

»Ich verstehe nicht, warum er Opa Schraube das Angebot gemacht hat, ihn als Trainer einzustellen, wenn er ihn loswerden wollte«, sagte ich.

»Das war doch nur ein Bluff!«, rief Herr Hantsch. »Er wollte mit ihm spielen! So etwas macht ihm Spaß. Daran könnt ihr sehen, was Kuhlhardt für ein Mensch ist!«

»Das Spiel mit Opa Schraube war sein Fehler«, sagte Amanda. »Dadurch sind wir Ihnen auf die Spur gekommen.«

»Sie hatten übrigens Recht«, sagte Herr Hantsch. »Ich habe tatsächlich eine alte Zeitung genommen. Die Farbspritzer sind mir gar nicht aufgefallen. Das war wohl mein Fehler.«

»Die Farbspritzer waren winzig«, meinte Amanda. »Nur das Polizeilabor hat sie feststellen können.«

Herr Hantsch strich dem Rennhund noch einmal über den Rücken. Dann stand er auf und sah Amanda in die Augen. »Auch wenn Sie es mir vielleicht nicht glauben: Ich bin froh darüber. Ich bin froh, dass ich alles gestanden habe. Und ich werde mich auch nicht vor der Verantwortung drücken. Ich begleite Sie zur Polizei und werde aussagen.«

Amanda schüttelte den Kopf. »Das können Sie später immer noch machen. – Und dann erwarte ich es auch von Ihnen. Aber vorläufig werden wir der Polizei nichts sagen.«

»Aber Amanda!«, rief Eleonore. »Das, was Herr Hantsch getan hat, ist keine Kleinigkeit! Damit müssen wir zur Polizei! Auch wenn er nun seine Fehler bereut!«

»Sie hat einen Plan«, flüsterte Blümchen mir zu.

Ich nickte und wunderte mich gleichzeitig darüber, dass ihre Freundinnen das noch nicht gemerkt hatten. Sie kannten sie schließlich noch länger als wir.

»Herr Hantsch hat gesagt, dass er sich nicht vor der Verantwortung drücken wird, und das glaube ich ihm auch. Aber vielleicht kann er ja einen kleinen Teil seiner Schuld wieder gutmachen, wenn er uns hilft Kuhlhardt zu überführen.«

»Natürlich helfe ich Ihnen!«, rief Herr Hantsch. »Aber wie wollen Sie das machen? Er ist clever! Sehr clever!«

»Aber nicht so clever wie Amanda!«, rief Blümchen.

»Danke«, sagte Amanda. »Allerdings weiß ich auch noch nicht genau, wie wir ihn überführen. Ich muss mich ein wenig mit Sister X zurückziehen. Ich werde Sie auf jeden Fall anrufen, sobald ich weiß, wie Sie uns helfen können. Und ihr, liebe Schwestern, kommt bitte morgen Nachmittag um zwei Uhr zu mir.«

»Und was ist mit uns?«, fragte ich.

»Ihr gehört doch sowieso dazu!«

Als wir nach Hause kamen, warteten Gerda, Papa und Opa Schraube schon mit dem Essen auf uns. Leider mussten wir ihnen den Appetit verderben.

Als sie erfuhren, was wir herausgefunden hatten, waren Papa und Gerda entsetzt. Das war aber noch nichts gegen Opa Schraube. Er schäumte vor Wut, vor allem wegen Herrn Kuhlhardt. Ein paarmal mussten wir ihn davon abhalten, sich auf sein Fahrrad zu schwingen und zu ihm zu fahren. Das wäre Herrn Kuhlhardt sicher nicht gut bekommen.

»Tun Sie das nicht!«, rief Amanda und drückte Opa Schraube wieder zurück auf seinen Stuhl. »Dann wäre er gewarnt und wir hätten keine Chance mehr ihm etwas nachzuweisen!«

»Wollen Sie das nicht doch lieber der Polizei überlassen?«, fragte Papa, obwohl er die Antwort schon kannte. »Und außerdem sollte Herr Hantsch nicht länger frei herumlaufen.«

»Die Polizei wird sich noch früh genug mit Herrn Kuhlhardt beschäftigen«, sagte Amanda. »Und was Herrn Hantsch betrifft, müssen Sie sich keine Sorgen machen. Der wird sich stellen, sobald wir Herrn Kuhlhardt überführt haben.«

»Fragt sich nur wie«, brummte Opa Schraube.

»Darüber werde ich jetzt in meiner Bibliothek mit Sister X nachdenken. Allein!«

»Und wie lange wollen Sie nachdenken?«, fragte Opa Schraube.

»Kommt bitte morgen alle um Punkt zwei Uhr in meine Bibliothek. – Außer euch beiden«, fügte sie noch mit einem Blick auf Blümchen und mich hinzu.

»Aber du hast doch gesagt, wir gehören dazu!«, rief ich.

»Ihr sollt ja auch schon eine halbe Stunde früher kommen«, schmunzelte Amanda.

»Ach, das ist ja interessant!«, rief Opa Schraube. »Die Kinder dürfen also früher kommen!«

»Sicher. Schließlich haben wir ja den Fall aufgeklärt, nicht wahr?«

»Ich glaube, sie will auch wegen Herrn Hantsch allein sein«, meinte Blümchen, als wir in meinem Zimmer saßen.

Das konnte ich mir gut vorstellen. Er war zwar erpresst worden, aber das wäre ihm nicht passiert, wenn er seine Wettschulden auf ehrliche Weise zurückgezahlt hätte. Und nun war Amanda sicher traurig darüber, dass sie sich so in ihm getäuscht hatte.

✶ 13 ✶

Sonntage sind sowieso langweilig und wollen kaum enden, aber an diesem Sonntag war es für Blümchen und mich ganz besonders schlimm.

Dann, endlich, war es so weit. Um Punkt halb zwei standen wir in Amandas Bibliothek.

Sie saß in ihrem Sessel, vor sich ein Gläschen Mandellikör und eine Tasse Tee. Durch die geöffnete Terrassentür sahen wir Sister X.

Amanda folgte unserem Blick. »Immer wieder ein zaubergalaktisches Bild, findet ihr nicht?«

Bevor wir antworten konnten, läutete es an der Tür.

Amanda sah auf ihre Uhr und stand auf. »Sie sind pünktlich. Sehr schön.«

»Wer denn?«, fragte ich. »Die anderen sollten doch erst um zwei Uhr kommen.«

»Die beiden nicht«, sagte Amanda, zwinkerte mir zu und war auch schon auf dem Weg zur Wohnungstür.

Als wir sahen, wen sie wenige Augenblicke später mitbrachte, wären Blümchen und ich beinahe von unserem Sessel gerutscht.

»Gold- äh, Eric!«, rief Blümchen mit knallrotem Kopf. »Was machst du denn hier?«

»Amanda hat uns heute Morgen angerufen und uns gebeten herzukommen«, antwortete seine Mama mal wieder für ihn.

Fridolin steuerte auf die Terrassentür zu, als wäre er schon oft hier gewesen, und stellte sich neben seine Freundin.

»Wie füreinander geschaffen«, seufzte Amanda.

»Ist das, was Sie uns über Herrn Hantsch und Herrn Kuhlhardt am Telefon gesagt haben, wirklich wahr?«, fragte Eric, als er sich in den Sessel neben uns gesetzt hatte. Das hatte Blümchens Gesicht noch ein wenig dunkler werden lassen und auch mein Herz schlug viel schneller als sonst.

»Das Geschenk!«, flüsterte Blümchen mir zu. »Das haben wir schon wieder nicht dabei.«

»Ja, leider«, seufzte Amanda. »Herr Hantsch hat alles gestanden.«

»Unglaublich«, sagte Frau Goldmann leise. »Und diesem Menschen habe ich meinen Sohn anvertraut.«

»Bei Herrn Hantsch ist wohl noch nicht alles verloren«, meinte Amanda. »Zumindest will er uns helfen, Herrn Kuhlhardt seiner gerechten Strafe zuzuführen. Aber dazu brauche ich Ihre Hilfe – jedenfalls deine, Eric.«

»Was soll ich denn tun?«, fragte Eric.

»Du sollst gegen Waldemar Klatschko boxen.«

Eric sprang auf. »Was sagen Sie da? Ich bin doch nicht lebensmüde!«

Amanda hob beschwichtigend die Hände. »Keine Angst. Du sollst nur so tun. Wenn mein Plan klappt, sollst du zu Herrn Kuhlhardt gehen und ihm sagen, dass du gegen Klatschko boxen willst, aber nur, wenn er dir das Aufputschmittel noch einmal gibt.«

»Kann es sein, dass Sie zu viel von diesem Likör getrunken haben?«, fragte Sibylle Goldmann.

Wenn ich Amanda nicht so gut kennen würde, hätte ich das wahrscheinlich auch gedacht.

Amanda lächelte sie an. »Vertrauen Sie mir. Eric wird weder gegen Klatschko boxen noch wird er dieses Mittel nehmen.«

»Aber Kuhlhardt soll es glauben!«, rief Eric.

Amanda lehnte sich in ihrem Sessel zurück. »Du bist nicht nur sehr hübsch, Eric, sondern auch sehr klug.«

Nun war es unser Goldi, der rote Ohren bekam. Supersüß! Blümchen konnte einen leisen Seufzer nicht unterdrücken.

»Und was soll ich ihm sagen, wenn er mich fragt, woher ich weiß, dass er hinter dieser Sache steckt?«, fragte Eric.

»Sag ihm einfach, du hättest das Mittel bei Herrn Hantsch gefunden. Anschließend hättest du Herrn Hantsch darauf angesprochen und er hätte gestanden.«

»Wird er dann nicht wütend sein?«

Amanda schüttelte den Kopf. »Nicht, wenn du so tust, als wärst du einverstanden damit.«

»Sie wollen ihn also überlisten«, stellte Erics Mama fest. »Ist das nicht zu gefährlich für den Jungen?«

»Nein, ganz sicher nicht. Außerdem werden eine Menge guter Freunde auf ihn aufpassen.«

»Und ob!«, rief ich und bereute es gleich wieder, denn als ich zu Eric sah und er mich anlächelte, guckte ich ihn wahrscheinlich an wie eine Kuh, wenn es donnert.

»Ich bin dabei!«, rief Eric.

»Aber Eric!«, rief Sibylle. »Willst du ... «

»Mama!«

Das genügte. Sibylle Goldmann sagte nichts mehr. Blümchen und ich mussten uns sehr zusammenreißen, sonst hätten wir wahrscheinlich von einem Ohrläppchen bis zum anderen gegrinst.

»Sehr schön!«, strahlte Amanda. »Darauf trinken wir ein Tässchen Tee.«

Sie hatte die Teekanne noch in der Hand, da kam Opa Schraube hereingestürmt, gefolgt von seinen Freunden.

»So ist das richtig!«, rief er. »Wir sind mal wieder die Letzten. Immer, wenn es spannend wird, sind wir die Letzten!«

»Sie haben noch nichts verpasst«, schmunzelte Amanda. »Außerdem sind Sie nicht die Letzten. Gerda, Horst und das Geisterkränzchen fehlen noch.«

Die ließen dann aber nicht mehr lange auf sich warten. Als sich alle gesetzt hatten, wurde es allmählich eng in Amandas großer Bibliothek.

»So!«, rief Opa Schraube. »Jetzt sind alle da. Nun will ich endlich wissen, wie Sie diesem Schuft das Handwerk legen wollen!«

»Eric wird gegen Waldemar Klatschko boxen«, antwortete Amanda.

Opa Schraubes Mund klappte auf und sein Zigarrenstummel fiel in Sibylle Goldmanns Teetasse. »Wollen Sie mich verar-«

»Nein, keineswegs«, unterbrach Amanda ihn. »Mein Plan ist, glaube ich, ziemlich verrückt, aber er könnte klappen.«

»Verrückt passt zu Ihnen«, meinte Willi.

»Danke für das Kompliment!«, freute sich Amanda. »Ich habe mir überlegt, der einzige Weg, Herrn Kuhlhardt zu überführen, ist ihn bei seiner Gier zu packen. Er muss glauben, dass Herr Klatschko zu einem Schaukampf gegen das Supertalent Eric Goldmann bereit ist. Selbstverständlich soll Eric nicht wirklich gegen ihn boxen, Kuhlhardt soll es nur glauben. Und er soll glauben, dass Eric sogar gegen ihn gewinnen kann.«

»Wie soll das denn funktionieren?«, fragte Walter.

»Zunächst einmal müssen wir Herrn Klatschko dazu überreden, sich zum Schein auf den Kampf einzulassen. Denken Sie, Sie schaffen das?«, fragte sie Opa Schraube und seine Freunde.

Opa Schraube hatte sich mittlerweile einen neuen Zigarrenstummel aus der Blechdose, die er immer bei sich trägt, in den Mund gesteckt. Er ließ ihn ein wenig kreisen und kratzte sich am Kopf. »Ich kenne den Trainer von Klatschko. Wir haben sogar mal gegeneinander geboxt. Guter Mann. Den könnte ich fragen.«

»Klatschko ist zwar ein Superstar, aber er ist auch Sportler«, fügte Walter hinzu. »Wenn er hört, was Kuhlhardt mit Heini und Eric gemacht hat, hilft er uns bestimmt.«

Amanda rieb sich die Hände. »Das hört sich doch sehr gut an. Also versuchen Sie es?«

»Meine Jungs und ich machen das schon!«, rief Opa Schraube.

»Wenn du es sagst, Schraube«, meinte Günter, während Willi und Walter breit grinsten.

»Aber wenn dieser Kampf gar nicht zustande kommt, werden die Leute doch sicher enttäuscht sein. Oder sollen sie keinen Eintritt bezahlen?«, fragte Eleonore.

»Sie müssen bezahlen, sonst glaubt es niemand«, antwortete Walter. »Dann muss Klatschko halt gegen einen anderen boxen. Wir finden da schon jemanden.«

»Und das Geld stiften wir für Boxer, die in Not geraten sind«, schlug Günter vor. »Dann beschwert sich bestimmt niemand.«

Amanda nippte kurz an ihrem Likörgläschen. »Sehr gut. Kommen wir nun also zum zweiten Teil meines Plans. Kuhlhardt muss glauben, dass Eric gegen Klatschko eine Chance hat.«

»Niemals!«, rief Opa Schraube. »Klatschko war Europameister!«

Amanda setzte ein verschmitztes Lächeln auf. »Könnte man nicht das Gerücht in die Welt setzen, dass

Klatschko nicht gut in Form ist und im Training sogar gegen seine Sparringspartner verliert?«

Walter nickte. »Ein Formtief.«

»Genau, lieber Walter!«

Die Jungs sahen sich an. »Gerüchte sind unsere Spezialität«, meinte Willi dann. »Wir sehen, was sich machen lässt.«

»Zaubergalaktisch!«

»Dann gehe ich zu Kuhlhardt und sage ihm, ich will gegen Klatschko boxen und auch gewinnen. Und dazu brauche ich das Aufputschmittel«, sagte Eric.

Amanda nickte. »So ist es.«

»Wie bitte?«, rief Opa Schraube.

»Das ist doch auch nur ein Trick, Opa«, beruhigte Blümchen ihn.

»Ach so. Ganz schön gerissen.«

»Und was ist mit der Dopingprobe? Die wäre dann wieder positiv. Das weiß Herr Kuhlhardt doch auch!«, meinte Papa.

»Bei einem Schaukampf gibt es keine Dopingprobe«, sagte Walter gleich.

»Das nützt nichts«, sagte Gerda. »Kuhlhardt wird ihm das Mittel sicher nicht selbst geben wollen. Dafür hat er doch Herrn Hantsch.«

Wieder lächelte Amanda verschmitzt. »Das ist schon geregelt. Herr Hantsch soll einfach für eine Weile untertauchen.«

»Ich kann ihm ja sagen, dass Herr Hantsch von meiner Entdeckung so geschockt war, dass er erst einmal nach England gefahren ist, um Urlaub zu machen«, schlug Eric vor.

»Zaubergalaktisch!«, rief Amanda noch einmal. »Und bitte bestehe auch darauf, dass du das Mittel erst kurz vor dem Kampf bekommst! In der Boxhalle. Dort haben wir die beste Möglichkeit, ihn auf frischer Tat zu erwischen.«

»Glaubt ihr, darauf lässt er sich ein?«, fragte Gerda.

Amanda nickte. »Herr Kuhlhardt ist ein gieriger Mensch. Und die sind alle gleich. Er wird seine Chance wittern, mit Eric ganz groß herauszukommen, wenn er Klatschko schlägt.«

»Machst du also auch mit, Horst?«, fragte Gerda.

Papa zuckte mit den Schultern. »Ich kann mir zwar nicht vorstellen, dass es klappt, aber ich will kein Spielverderber sein.«

»Also ist es beschlossene Sache!«, rief Amanda. »Herr Kuhlhardt wird sein blaues Wunder erleben!«

»Wann soll dieser Kampf denn stattfinden?«, fragte Opa Schraube.

»Eine Woche vor dem Kampf, für den Kuhlhardt Eric bereits angemeldet hat. Dazu darf es auf keinen Fall mehr kommen.«

»Also in zwei Wochen.«

In den nächsten beiden Wochen hatten unsere Lehrer nicht viel Freude an Blümchen und mir. Wir waren in Gedanken fast nur noch bei dem bevorstehenden Boxkampf. Wenigstens hatten wir wegen des Tierbasars auf unserem Schulfest ein paar Pluspunkte gesammelt. Leider fielen in diese Zeit aber eine Mathearbeit und eine Englischarbeit und leider hatten wir zu Hause davon erzählt. Also war wohl oder übel lernen angesagt.

Trotzdem bekamen wir zum Glück mit, was sich im »Fall Kuhlhardt« tat, wie Amanda sagte.

Opa Schraube und seine Jungs hatten die erste Erfolgsmeldung zu verkünden. Schon ein paar Tage nach unserer Sitzung in Amandas Bibliothek tauchten Opa Schraube, Günter, Willi und Walter mit vor Stolz geschwellter Brust in Amandas Küche auf.

»Die Sache geht klar«, meinte Opa Schraube und ließ seinen Zigarrenstummel ein paarmal kreisen.

»Die Sache?«, fragte Amanda. »Welche Sache?«

»Welche Sache?«, rief Opa Schraube. »Habt ihr das gehört, Jungs?«

»Er meint, dass Klatschko mit dem Spielchen einverstanden ist«, übersetzte Willi.

»Ach so«, sagte Amanda gedehnt.

»Nun tun Sie doch nicht so!«, rief Opa Schraube. »Ich musste seinen Manager ganz schön bearbeiten, bis er einverstanden war.«

»*Du* musstest ihn bearbeiten?«, fragte Walter.

»Na gut. Wir mussten ihn bearbeiten. Aber als Klatschko davon hörte, war er gleich einverstanden. Für den guten Zweck legt er sogar noch ein paar tausend Euro drauf.«

»Ich habe doch gleich gewusst, dass Klatschko ein Sportsmann ist«, sagte Walter. »Der kann Typen wie Kuhlhardt auch nicht ausstehen.«

»Die Plakate werden sogar schon gedruckt«, erzählte Günter stolz. »Bald wird die ganze Stadt wissen, dass es diesen Kampf gibt.«

»Das habt ihr wirklich gut gemacht!«, rief Amanda.

Die vier strahlten wie kleine Jungen nach ihrem ersten Fußballtor.

»Und nun werden wir das Gerücht in die Welt setzen, dass Klatschko nicht gut drauf ist«, sagte Willi.

»Wie lange brauchen Sie dafür?«, fragte Amanda.

»Drei bis vier Tage höchstens«, meinte Walter. »Solche Gerüchte verbreiten sich wie ein Lauffeuer. Vor allem, wenn Klatschko und sein Trainer nicht widersprechen.«

»Und das werden sie ja nicht tun. Sehr schön!«, rief Amanda. »Ich rufe Eric gleich an und sage ihm, er soll in vier Tagen zu Kuhlhardt gehen, um ihn davon zu überzeugen, dass er Klatschko schlagen kann – zumindest wenn er das Mittel wieder bekommt.«

»Tolle Frau«, sagte Walter leise und sah Amanda nach, die hinausgegangen war, um mit Eric zu telefonieren.

»Kannst sie ja heiraten«, brummte Opa Schraube.

»Bist du etwa eifersüchtig auf Walter, Schraubilein?«, fragte Willi.

»Ach, Quatsch! Lasst uns verschwinden. Wir haben noch eine Menge zu tun.« Bevor jemand etwas sagen konnte, war Opa Schraube aus der Küche gestapft.

»Wahrscheinlich hat er Angst, jemand könnte sehen, wie rot er geworden ist«, kicherte Willi.

»Sind sie schon weg?«, fragte Amanda, als sie in die Küche zurückkam.

»Sie hätten noch so viel zu tun«, meinte Blümchen und stieß mich heimlich an.

»Schade. Ich hätte ihnen gern gesagt, dass Eric mit Kuhlhardt sprechen will, sobald die Gerüchte in Umlauf sind. Ein netter Junge, wirklich ein netter Junge!«

»Sagen wir doch!«, rief ich. »Unser Goldi!«

Vier Tage später rief Goldi bei Amanda an und erzählte ihr, dass er Kuhlhardt angerufen habe und sich am Abend mit ihm treffen wolle.

An diesem Abend schien Amanda tatsächlich ein wenig nervös zu sein. Wir saßen mit ihr in der Bibliothek und lasen. Diese Lesestunden mag ich immer besonders gern. Alles ist so ruhig und friedlich. Dieses Mal war es besonders schön, weil Sister X und Fridolin eng aneinander gekuschelt auf der Dachwiese standen. Eric hatte ihn für ein paar Tage bei uns gelassen, weil er sich so gut mit Sister X verstand.

Amanda war mit ihren Gedanken jedoch woanders. Immer wieder sah sie zum Telefon. Als es dann endlich läutete, sprang sie auf und riss den Hörer von der Gabel, als fürchtete sie, der Anrufer könne wieder auflegen.

»Ja, bitte? Hier spricht Amanda X. – Ah, Eric! Ich habe schon auf deinen Anruf gewartet. Was hat Kuhlhardt zu deinem Vorschlag gesagt? – Aha. – Ja, das dachte ich mir. – Soso. – Genau. – Dieser Halunke. – Ja, das werde ich. Vielen Dank, Eric. – Sehr gut gemacht!«

»Und?«, fragte ich, als Amanda den Telefonhörer aufgelegt hatte. »Was hat er gesagt?«

Amanda antwortete nicht, sondern ging zum Schrank, holte ein Glas und die Likörflasche heraus und goss sich einen ihrer berühmten Mandellikörchen ein. Sie nippte einmal kurz daran und schloss die Augen.

»Ein guter Junge, dieser Eric«, sagte sie dann. »Hat alles genau so gemacht, wie wir es besprochen haben.«

»Und was hat Kuhlhardt gesagt?«, rief Blümchen. »Mensch, Amanda! Lass dir doch nicht jedes Wort aus der Nase ziehen!«

Amanda zuckte mit den Schultern. »Wie gesagt, er ist ein gieriger Mensch. Also hat er angebissen! Jetzt kann die Sache steigen!«

»Kannst du dir vorstellen, was Klatschko mit Eric machen würde, wenn die beiden tatsächlich gegeneinander boxten?«, fragte ich Blümchen, als wir am Abend vor Erics großem Auftritt im Bett lagen.

»Das stelle ich mir lieber nicht vor«, sagte Blümchen. »Aber sie boxen ja nicht wirklich gegeneinander. Ich hoffe nur, unser Plan geht auf.«

»Wird er schon«, sagte ich mehr aus Hoffnung als aus Überzeugung. »Auf jeden Fall dürfen wir unser Geschenk nicht vergessen.«

Blümchen sah auf ihren Nachttisch. Dort hatten wir das Päckchen, das wir nun schon zum vierten Mal eingepackt hatten, hingelegt, damit wir es auch ja nicht vergaßen.

* 14 *

Am nächsten Nachmittag glich unser Haus einem Hühnerstall. Opa Schraubes Freunde, das Geisterkränzchen, Eric und sogar Sibylle waren gekommen. Nur Papa war nicht dabei. Er sollte wieder einmal Telefondienst machen, falls wir ihn und seine Kollegen brauchen würden.

Alle liefen aufgeregt durcheinander und konnten es kaum erwarten, dass es endlich losging. Trotzdem schaffte Amanda es, jedem seine Rolle noch einmal einzuschärfen. Opa Schraube, seine Jungs und das Geisterkränzchen sollten sich in der Boxhalle verteilen und, falls nötig, Kuhlhardt aufhalten oder die Polizei alarmieren. Amanda, Sister X, Blümchen und ich würden in der Nähe des Boxrings bleiben. Darauf hatte Amanda bestanden. Eric hatte uns gebeten, dass wir auch Fridolin mitbringen sollten.

»Dann kann Eric unser Geschenk gleich ausprobieren«, flüsterte Blümchen mir zu.

Als wir endlich mit Sister X und Fridolin losfuhren, hätten wir unser Päckchen fast wieder vergessen, doch zum Glück dachte Blümchen noch im letzten Augenblick daran.

Vor der Boxhalle herrschte beinahe so ein Betrieb wie beim letzten Mal, als wir dort waren. Nur mit dem Unterschied, dass Eric nun nicht einen Vorkampf, sondern den Hauptkampf bestritt. Überall hingen Plakate mit seinem Namen darauf. Er wurde als junges, außergewöhnliches Talent angepriesen.

»Wenn er das sieht, tut es ihm vielleicht doch Leid, dass er kein Profiboxer mehr werden will«, meinte Blümchen. »Das muss ein tolles Gefühl sein, gegen einen Europameister zu boxen.«

»Möchtest du auch mal auf solchen Plakaten stehen?«, fragte ich sie.

Blümchen schüttelte den Kopf. »Das wird wohl nie passieren. Erstens bin ich nicht gut genug und zweitens interessiert das Frauenboxen die meisten Leute nicht.«

»Beides kann sich ja noch ändern«, meinte Amanda mit einem Schmunzeln.

Dieses Mal ließ uns Bully ohne Gegenwehr passieren.

»Ein Hund?«, fragte er nur. »Kann der auch boxen?«

»Sicher«, meinte Amanda. »Es ist schließlich ein Boxer!«

Blümchen und ich liefen schnell ein paar Schritte vor, damit Bully unser Lachen nicht hörte. So wie der aussah, hatte er nicht viel Humor.

Auf dem Weg zum Boxring lief uns Opa Schraube über den Weg.

»Können wir noch mal zu Eric?«, fragte Blümchen ihn. »Wir möchten ihm etwas geben.«

»Kommt gar nicht infrage. Der Junge muss sich auf den Kampf konzentrieren.«

»Eric boxt doch gar nicht!«, erwiderte ich.

»Aber er hat die Hauptrolle in dem ganzen Spiel hier. Und die ist noch wichtiger als ein Boxkampf.«

»Da hat er Recht«, sagte auch Amanda.

Also blieb uns nichts anderes übrig, als mit Amanda, Sister X und Fridolin zum Boxring hinunterzugehen und Opa Schraube Goldi zu überlassen.

»Es geht erst los, wenn Kuhlhardt hier auftaucht«, sagte Opa Schraube noch. »Das habe ich auch mit Klatschko besprochen.«

Wie schon beim ersten Mal setzten wir uns in die erste Reihe. Nur waren wir dieses Mal allein. Unsere Freunde hatten sich in der Halle verteilt und bewachten die Ausgänge.

»Nun kann er kommen«, sagte Amanda. »Drückt die Daumen, dass es klappt.«

Das taten wir. Nur schien es keinen Sinn zu haben. Die Zeit verstrich und weder Klatschko noch Eric noch Oskar Kuhlhardt ließen sich blicken.

Ganz allmählich wurden auch die Zuschauer unruhig.

»Anfangen! Anfangen!«, hörten wir immer häufiger.

Als wir Willi auf uns zukommen sahen, schöpften wir Hoffnung. Aber ein Blick in sein Gesicht genügte, um zu erkennen, dass die nicht berechtigt war.

»Ich habe gerade die Runde gemacht. Bis jetzt hat ihn noch niemand gesehen.«

»Mist!«, rief ich. »Wenn Kuhlhardt nicht bald kommt, können wir die Sache vergessen.«

Amanda sah die Zuschauerränge hoch. »Das ist leider wahr. Lange lassen sich die Leute nicht mehr hinhalten.«

»Was machen wir denn jetzt?«, fragte Blümchen.

»Sister X muss uns helfen«, meinte Amanda, bückte sich und flüsterte ihr etwas ins Ohr.

Daraufhin setzte sich Amandas Schaf in Richtung Boxring in Bewegung.

»Was macht sie denn jetzt?«, fragte ich.

Amanda lächelte mich an. »Sie möchte boxen!« Damit stand sie auf und lief ihrem Schaf hinterher.

Sister X sprang tatsächlich mit einem Satz in den Ring. Amanda sprang zwar nicht, aber sie kletterte so schnell und problemlos hinterher, wie ich es ihr nie zugetraut hätte.

Sie ging zu dem Mann im schwarzen Anzug, der die Boxer schon beim ersten Kampf angekündigt hatte, sprach ein paar Worte mit ihm und nahm ihm dann das Mikrofon aus der Hand.

»Meine Damen und Herren! Liebe Boxfreunde!«, ertönte Amandas Stimme durch die Lautsprecher. »Leider wird sich der angekündigte Kampf noch ein wenig verzögern!«

Die Buh-Rufe, die sie dafür erntete, hörten sich schon recht bedrohlich an.

Doch so leicht ließ sich unsere Amanda nicht aus der Ruhe bringen. »Damit Ihnen die Zeit nicht zu lang wird, haben wir für Sie ein kleines Unterhaltungsprogramm vorbereitet!«, fuhr sie unbeirrt fort. »Sehen Sie das Schaf an meiner Seite? – Ja, das Schaf mit der Sonnenbrille! Es handelt sich um ein australisches Boxschaf! Wie Sie ja alle wissen, sind Schafe sehr intelligente Tiere. Und einige sind besonders klug. So wie dieses Schaf! Es hat sich in Australien von den dort lebenden Kängurus das Boxen abgeschaut. Sehen Sie, meine Damen und Herren! Und staunen Sie!«

»Was hat sie nur vor?«, fragte Blümchen.

»Ich kann es mir denken«, antwortete ich. »Aber ich kann es nicht glauben.«

Ich hätte es besser wissen müssen. Mit tänzelnden Schritten schwebte Amanda in eine Boxecke und ließ sich von einem der Betreuer Waldemar Klatschkos zwei Paar Boxhandschuhe geben. Damit tänzelte sie zu Sister X zurück und flüsterte ihr wieder etwas ins Ohr. Als sie sich aufrichtete, stellte sich auch Sister X auf ihre Hinterbeine. Mit zwei Handbewegungen streifte sie ihrem Schaf die Boxhandschuhe über, dann zog sie das zweite Paar selbst an.

Was dann geschah, wird niemand, der an diesem Abend in der Boxhalle war, wieder vergessen. Amanda und Sister X lieferten sich einen Boxkampf!

Genauer gesagt tänzelten die beiden umeinander und gaben sich ab und zu einen leichten Stupser mit den Boxhandschuhen.

»Wenn ich es nicht sehen würde …«, hörte ich Willi neben mir murmeln. »Kann mich mal jemand kneifen?

Seht euch mal die Beinarbeit von Amanda an. Kaum zu glauben!«

Amanda tänzelte tatsächlich so leichtfüßig durch den Ring, als hätte sie ihr Leben lang mit Opa Schraube trainiert. Allerdings stand ihr Sister X darin nur wenig nach.

In der Halle war es schlagartig still geworden. Das war allerdings nur die Ruhe vor dem Sturm. Und der brach schlagartig los. Die Zuschauer kreischten und jubelten, als würden sie den Weltmeisterschaftskampf des Jahrhunderts sehen. Dabei boxten dort nur eine Haushälterin und ihr Schaf.

»Ich möchte nicht wissen, was wir mit dieser Frau noch alles erleben«, sagte Willi.

»Keine Ahnung«, sagte ich. »Aber wir können uns bestimmt noch auf einiges gefasst machen.«

Wir waren so von Amandas Boxeinlage und der Reaktion der Zuschauer fasziniert, dass wir Walter fast übersehen hätten. Der kam mit langen Schritten auf uns zugesprungen. Dabei konnte er den Blick allerdings auch kaum von Amanda und Sister X lassen.

»Diese Frau ist unglaublich!«, keuchte er. »Der kann niemand das Wasser reichen!«

»Mensch, Walter!«, rief Willi. »Was ist los? Ist Kuhlhardt da?«

Erst jetzt schien Walter wieder einzufallen, warum er gekommen war. »Ich bin mir nicht sicher. Vorhin habe ich jemanden zwischen den Zuschauern gesehen, der Kuhlhardt sein könnte. Ich habe Schraube und den Leuten von Klatschko Bescheid gesagt. Haltet die Augen offen!«

»Was glaubst du, was wir die ganze Zeit machen?«, erwiderte Willi.

Fast wie auf ein Stichwort änderte sich die Stimmung in der Halle. Es herrschte zwar immer noch ein ohrenbetäubender Lärm, aber der schien jetzt nicht mehr Amanda und Sister X zu gelten.

»Klatschko!«, rief Blümchen. »Da kommt er!«

Zunächst sah ich nur viele Männer mit weißen Sweatshirts, auf denen in goldenen Buchstaben *Waldemar Klatschko* aufgedruckt war. Erst dann entdeckte ich Erics angeblichen Gegner in deren Mitte.

»Wer sind denn die ganzen Typen?«, fragte ich meine Freundin.

»Manager, Trainer und Bodyguards. Die sind bei jedem Kampf dabei.«

Nur ein paar Schritte dahinter folgten Opa Schraube und Eric, der sich zumindest auch in einen Boxermantel gehüllt hatte, allerdings ohne seinen Namen darauf.

»Goldi muss sich ganz schön jämmerlich vorkommen, wenn er sieht, mit welchem Aufgebot der Klatschko hier anrückt«, sagte ich.

Blümchen schüttelte den Kopf. »Wenn die Sache vorbei ist, dann ist Goldi der Held.«

»Zumindest für uns«, ergänzte ich.

»Genau! Und nur das zählt!«

Die beiden Boxer stiegen unter tosendem Applaus in den Ring und setzten sich in ihre Ecke. Amanda und Sister X hatten inzwischen mit dem Boxen aufgehört, blieben aber noch im Ring stehen.

»Da!«, rief Blümchen. »Jetzt stellt Eric seine Trinkflasche neben sich ab.«

Ich sah mich nach Kuhlhardt um. Ich verrenkte mir fast den Hals, aber ich konnte ihn nirgendwo entdecken.

»Ich rufe jetzt Horst an«, sagte Walter. »Ich schätze, seine Kollegen bekommen heute noch Arbeit.«

Zwischen den Zuschauern konnte ich Gerda, das Geisterkränzchen und Günter erkennen. Aber auch sie schienen Oskar Kuhlhardt noch nicht entdeckt zu haben.

Doch dann stand er plötzlich am Ring. Blümchen sah ihn als Erste.

»Da ist er!«, rief sie. »Wo ist der nur hergekommen?«

Im gleichen Augenblick sprang Eric auf. »Er hat mir etwas in die Flasche geschüttet!«, brüllte er gegen den Lärm der Zuschauer an. Doch außer uns schien ihn niemand zu verstehen.

Kuhlhardt sah Goldi einen Augenblick lang erstaunt an, dann wusste er, was gespielt wurde. Eric versuchte ihn festzuhalten, doch Kuhlhardt stieß ihn von sich und rannte weg. Inzwischen hatte sich eine dichte Menschentraube um den Ring versammelt.

»Los! Hinterher!«, rief Willi. »Wenn er zwischen den Leuten verschwindet, entwischt er uns!«

Wir rannten los, obwohl ich im gleichen Augenblick

wusste, dass es hoffnungslos war. Wir waren zu weit weg.

Amanda sah zu uns und dann zum flüchtenden Kuhlhardt. Sie bückte sich und flüsterte Sister X noch einmal etwas ins Ohr. Fast ohne Anlauf sprang Sister X mit gestreckten Vorderbeinen, um die immer noch die Boxhandschuhe gehüllt waren, aus dem Ring auf Kuhlhardt zu. Der schien zu merken, dass hinter seinem Rücken etwas vorging, denn er drehte sich um. In dem Augenblick landeten zwei Boxhandschuhe in seinem Gesicht. Er machte zwei Schritte rückwärts – und fiel um.

Der Tumult, der daraufhin ausbrach, war unbeschreiblich. Eric, Opa Schraube, Willi und auch Klatschko und seine Helfer hatten alle Hände voll zu tun, die Leute von Sister X und dem bewusstlosen Kuhlhardt fern zu halten.

Erst als Papa, Kommissar Pauer und seine Kollegen eintrafen, kehrte wieder ein wenig Ruhe ein.

Amanda nahm mit spitzen Fingern Erics Trinkflasche und reichte sie Kommissar Pauer. »Darin ist das Aufputschmittel, Herr Kommissar. Und wenn Sie den sauberen Herrn hier untersuchen, werden Sie bei ihm den Behälter finden, aus dem es in die Flasche geschüttet wurde.«

Sichtlich unwillig nahm Kommissar Pauer die Trinkflasche mit ebenso spitzen Fingern in Empfang. »Eigentlich müsste ich Ihnen ja dankbar sein«, sagte er. »Aber geht es vielleicht auch einmal, ohne gleich einen Volksaufstand zu verursachen?«

Amanda zuckte mit den Schultern. »Das lässt sich nicht immer vermeiden, lieber Herr Kommissar. Außerdem ist es meine Arbeitsweise.«

Kommissar Pauer bedachte Amanda und Papa mit einem wütenden Blick, dann bedeutete er seinen Kollegen, dass sie Kuhlhardt abführen sollten, der sich allmählich wieder von Sister X' Boxkünsten erholte.

»Bekommst du jetzt Ärger?«, fragte ich Papa, der gerade an mir vorbeiging.

»Warum sollte ich? Schließlich ist der Fall aufgeklärt. Bevor wir losfuhren, habe ich übrigens Herrn Hantsch angerufen. Er hat zugesagt gleich zum Präsidium zu kommen. Wahrscheinlich ist er jetzt schon da. Er hat sein Wort also gehalten.«

»Daran habe ich nie gezweifelt«, meinte Amanda.

»Was wird denn jetzt aus den Tieren?«, fragte Elsbeth.

»Um die kümmere ich mich. Jetzt, wo ich nicht mehr so viel trainieren muss, habe ich ja Zeit«, sagte Eric gleich. »Zumindest bis Herr Hantsch wieder da ist. Ich hoffe, er darf seine Tierschule danach weiterführen.«

»Goldi kommt zu unserem Schulfest!«, flüsterte Blümchen mir zu.

Nun war es so weit. Jetzt oder nie!

Ich stieß meine Freundin an und räusperte mich. »Blümchen und ich – äh, ich meine, wir haben noch etwas für dich, Eric.«

Blümchen holte das Päckchen aus ihrer Jackentasche und gab es Eric. Mein Herz klopfte, als er es auspackte.

»Das ist aber ein schönes Halsband«, sagte er und es

hörte sich an, als meinte er es wirklich ehrlich. »Für Fridolin?«

»Klar!«, rief ich. »Für wen denn sonst?«

»Fridolin!«, rief er leise. »Sieh mal, was ich habe!«

Zum ersten Mal, seit Fridolin Sister X begegnet war, ließ er freiwillig von seiner Freundin ab und kam zu Eric, der ihm das Halsband gleich anlegte.

»Scheint ihm auch zu gefallen«, meinte Eric.

Dann kam er zu uns, gab erst Blümchen, dann mir einen Kuss auf die Wange, drehte sich um und verschwand mit Fridolin in der Zuschauermenge.

Blümchen und ich wären wahrscheinlich geplatzt, hätten geheult oder sonst einen Schwachsinn angestellt, wenn Opa Schraube nicht noch die dickste Überraschung des Abends auf Lager gehabt hätte.

»So, meine Herrschaften!«, rief er. »Es wird Zeit für den Boxkampf! Dafür haben die Leute schließlich Eintritt bezahlt!«

»Soll Eric nun doch gegen Waldemar Klatschko boxen?«, fragte ich.

»Wer redet denn von Eric?«, rief Opa Schraube und warf seinen Boxermantel hinter sich.

Es war das erste Mal, dass ich Opa Schraube mit freiem Oberkörper und Boxershorts sah. Ich wäre vor Schreck fast umgefallen. Aber da war ich nicht die Einzige.

»Vater!«, rief Gerda. »Du wirst doch wohl nicht …«

»Und ob ich will!«, unterbrach Opa Schraube sie. »Das habe ich mit Waldemar so ausgemacht. Ich bin gut in Form. Für ein kleines Schaukämpfchen reicht es allemal!«

»Nun überrascht er mich zum dritten Mal«, sagte Amanda. »Das will ich sehen. Von der ersten Reihe aus!«

»Er hat sich seinen Wunsch tatsächlich erfüllt«, meinte Blümchen, als wir uns neben Amanda in die erste Reihe setzten.

»Was meinst du?«, fragte ich sie.

»Bei Erics Halbfinale hat Opa doch gesagt, er möchte noch einmal vor so einer Kulisse boxen. Und genau das macht er jetzt.«

Der Mann im schwarzen Anzug nahm das Mikrofon und kündigte den Boxkampf des Jahrhunderts an: Waldemar Klatschko gegen Opa Schraube!

Peter Freund

Die Drachen-Bande

Die Drachenbande, das sind Jan, Einstein, Marie und Julia. Das Baumhaus »Drachennest« ist ihr Geheimversteck. Hier stecken die verschworenen Vier die Köpfe zusammen, um über rätselhaften Ereignissen in ihrer Heimatstadt Steiningen zu brüten. Denn: Mysteriöses, Spuk und dunkle Geheimnisse ziehen die Vier geradezu magisch an – und kein Fall ist ihnen zu heiß!

Im Bann des schwarzen Ritters
224 Seiten, ISBN 978-3-570-21828-0

Das Monster aus der Tiefe
224 Seiten, ISBN 978-3-570-21829-7

Der Tanz der Gespenster
224 Seiten, ISBN 978-3-570-21830-3

Das Phantom um Mitternacht
200 Seiten, ISBN 978-3-570-21831-0

5363/4

cbj

www.cbj-verlag.de